Si l'histoire de Paris m'était contée

LAROUSSE

SECRETS d'HISTOIRE

Secrets d'Histoire est une émission de *France Télévisions*, présentée par Stéphane Bern depuis plus de 13 ans. Chaque épisode retrace la vie d'un grand personnage de l'histoire et met en lumière des lieux hautement emblématiques du patrimoine français ou international.

Direction de la publication : Carine Girac-Marinier
Édition : Ella-Meï Tabernero Chaudet
Direction artistique : Ulrike Meindl
Conception graphique : Sophie Rivoire
Relecture : Sophie Petitprêtre
Mise en pages : SKGD-Création
Fabrication : Axelle Hosten

21 rue du Montparnasse
75006 Paris

ISBN : 978-2-03-602144-0

Secrets d'Histoire Junior

Si l'histoire de Paris m'était contée

Stéphanie Viards

LAROUSSE

SOMMAIRE

MOULIN ROUGE

IL ÉTAIT UNE FOIS PARIS

Du petit village de pêcheurs à la bourgade gallo-romaine, puis à la grande ville que nous connaissons, Paris ne s'est pas faite en un jour !

Paris à la préhistoire

Il y a 200 millions d'années, le Bassin parisien était submergé, d'abord par une mer intérieure, puis par l'océan Atlantique. Avec le temps, l'eau s'est retirée. Des os de mammouths et de rennes ont été retrouvés dans une carrière de la ville, prouvant la présence de chasseurs nomades il y a 500 000 ans.

Croissance de la population

À l'époque des Capétiens, Paris est la ville la plus peuplée d'Europe. Malgré la peste et la guerre de Cent Ans, la population atteint 350 000 habitants à la fin du XVIe siècle, puis 460 000 un siècle plus tard. Elle se stabilise à l'époque de Louis XIV et reprend sa croissance au XVIIIe siècle, pour atteindre 2 850 000 habitants dans les années 1930. La population de Paris se situe autour de 2 200 000 habitants depuis les années 1980.

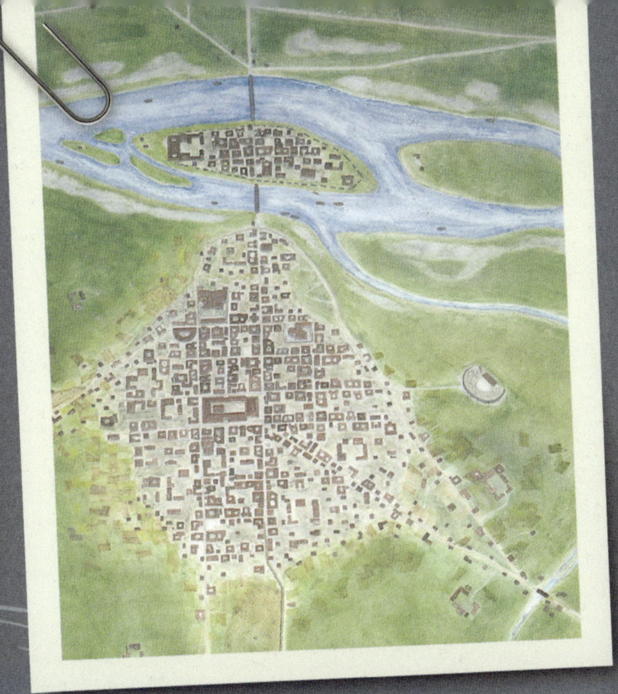

Pourquoi s'installer à Paris ?

En creusant son lit, la Seine a créé un carrefour de voies navigables. Des îles recouvertes de végétation devinrent un endroit idéal pour faire de la culture et de l'élevage, et donc pour s'installer ! Paris serait habitée depuis près de 6 000 ans.

Des traces de vie

Des pirogues en bois datant du néolithique ont été retrouvées dans l'ancien lit de la Seine – l'actuel quartier de Bercy –, ainsi que des traces de graines de céréales, d'animaux domestiques, des fragments d'outils en silex, des armes... Autant d'éléments qui prouvent que des hommes y vivaient et y pratiquaient l'agriculture.

Expansion de l'espace

Jusqu'au XIVe siècle, Paris se développe progressivement, passant de 9 hectares sous Jules César à plus de 400 hectares sous Charles V. À l'est, les hauteurs de la ville et la proximité de marécages limitent l'extension de la ville. Mais au XIXe siècle, la rive droite s'étend dans les communes alentour. Actuellement, la superficie de Paris est de plus de 10 000 hectares, périphérique et bois compris.

LE PARIS ANTIQUE

Des Gaulois aux Parisiens, la ville s'est transformée, modernisée et agrandie en quelques siècles.

Les Gaulois, premiers « Parisiens »

L'histoire de Paris remonte au IIIe siècle avant J.-C., lorsque la tribu gauloise des Parisii s'installe dans la région et y construit un oppidum (ville fortifiée). Cette petite cité indépendante possède sa propre monnaie et fait du commerce. On ne sait pas précisément où cet oppidum se trouvait car aucune trace d'une cité gauloise n'a été trouvée malgré de nombreuses fouilles archéologiques.

Pourquoi Lutèce ?

Le nom de la cité est attesté pour la première fois par Jules César dans son récit intitulé *La Guerre des Gaules*, sous la forme de Lutecia ou Lutetia. Cette petite cité gallo-romaine est entourée de forêts et de marécages, et aurait été située vers l'actuelle île de la Cité.

Une cité gallo-romaine

En 52 avant J.-C., les Romains conquièrent la ville gauloise et détruisent l'oppidum. Les habitants deviennent citoyens romains et chrétiens. Une nouvelle cité est bâtie dans le style gallo-romain autour de la montagne Sainte-Geneviève, sur la rive gauche de la Seine.

Des constructions romaines

Pour mieux circuler, les Romains tracent deux grands axes et construisent deux ponts pour relier l'île de la Cité aux berges de la Seine. La ville est alimentée en eau par un aqueduc. On y construit un forum, des thermes, un petit théâtre et un amphithéâtre à l'extérieur de la ville : les fameuses arènes de Lutèce, qui pouvaient accueillir 17 000 spectateurs.

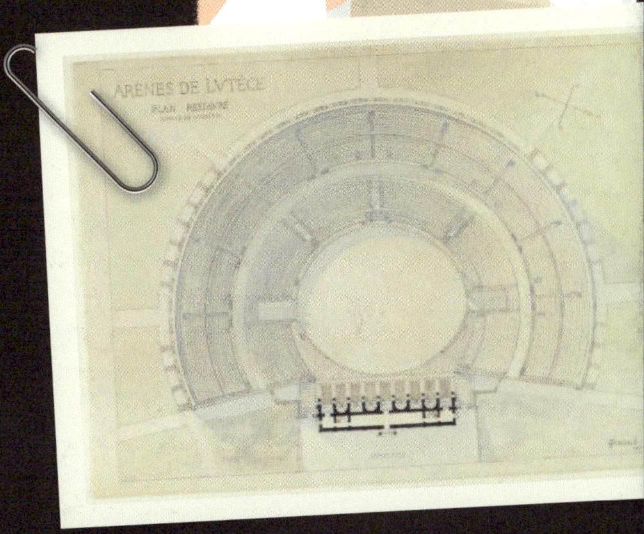

La naissance de Paris

Au IIIe siècle, Lutèce subit les attaques des Barbares. Au Ve siècle, l'Empire romain tombe. Les Lutéciens se replient dans une forteresse sur l'île de la Cité, qu'ils construisent en utilisant les pierres des grands monuments comme le forum. La ville reprend alors son nom gaulois et devient « la ville des Parisii ». Paris est née !

Geneviève, la première femme de son histoire, qui deviendra la patronne de la ville, fait alors son apparition. Selon la légende, ses prières auraient suffi à détourner les hordes d'Attila en 451.

PARIS, CAPITALE ?

Pendant un millénaire, de 500 à 1500 environ, Paris devient une ville importante de France.

Une capitale mérovingienne

En 508, les Francs, peuple de l'est, s'emparent de Paris. Leur roi, Clovis, choisit d'habiter Paris pour diriger son royaume. Il installe son palais royal sur l'île de la Cité. Les Mérovingiens, ses descendants, continuent de considérer Paris comme leur capitale.

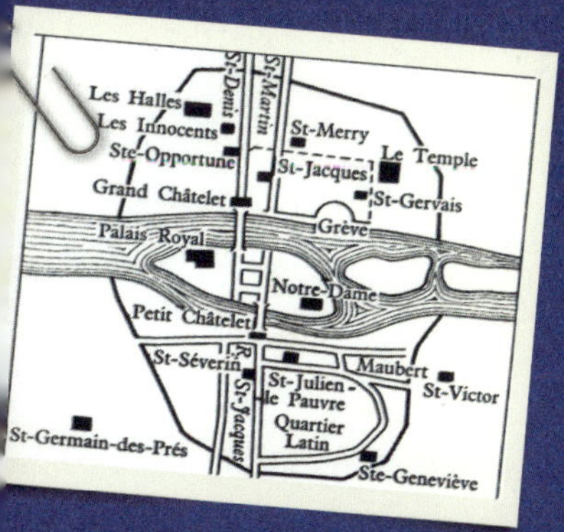

Paris n'est plus capitale

Au VIIIe siècle, Charlemagne et ses descendants, les Carolingiens, déplacent leur capitale à Aix-la-Chapelle – dans l'Allemagne actuelle – après avoir conquis beaucoup de terres à l'est. À la fin du IXe siècle, les Vikings pénètrent en France et tentent d'envahir Paris plusieurs fois. En 885, Eudes, le comte de Paris, s'illustre en défendant la ville. Il est alors élu roi à la place d'un des descendants de Charlemagne.

Sous l'impulsion des rois capétiens

Un siècle plus tard, Hugues Capet, l'arrière-petit-fils de Eudes, devient roi de France et refait de Paris une capitale administrative. Sa dynastie, les Capétiens, règnera longtemps sur la France.

Des constructions prestigieuses

Pour protéger les Parisiens, Philippe Auguste (1180-1223) fait construire une forteresse, le Louvre, et un mur d'enceinte flanqué de tours. Philippe Auguste dote Paris d'institutions administratives et d'un centre universitaire très important : la Sorbonne.

Au milieu du XIIIe siècle, Saint Louis fait construire la Sainte-Chapelle sur l'île de la Cité pour abriter les reliques de la chrétienté, notamment la couronne d'épines du Christ. Charles V, sacré roi en 1364, transforme le Louvre et en fait la résidence royale.

Une ville bien protégée

Au IXe siècle, les deux ponts reliant l'île de la Cité aux berges de la Seine sont protégés par deux petits châteaux forts : le Grand Châtelet au nord – Pont-au-Change – et le Petit Châtelet au sud. Au XIVe siècle, un deuxième rempart est bâti au-delà du premier. Au début du XVe siècle, une tour de fortification est construite : la tour Jean sans Peur.

La Cathédrale Notre-Dame de Paris

Située sur l'île de la Cité, la cathédrale Notre-Dame est un chef-d'œuvre de l'architecture gothique. Sa construction débute au XIIe siècle et dure un siècle et demi.

Notre-Dame avant la cathédrale

Le site sur lequel est construite la cathédrale aurait abrité de nombreux édifices religieux par le passé : un temple romain dédié à Jupiter au Ier siècle, une église chrétienne au IVe siècle, une basilique mérovingienne 200 ans plus tard, une cathédrale carolingienne, puis une église romane.

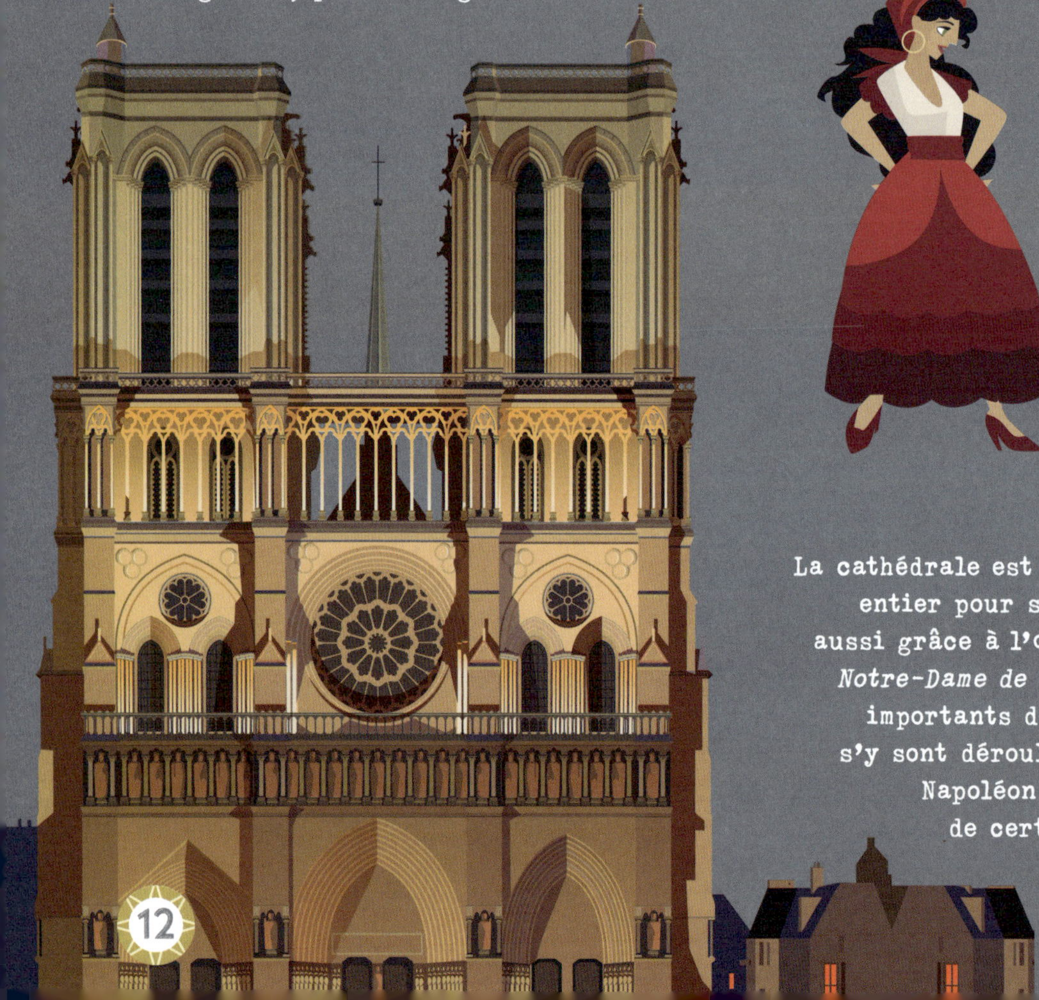

Un monument célèbre

La cathédrale est célèbre dans le monde entier pour son architecture, mais aussi grâce à l'œuvre de Victor Hugo, *Notre-Dame de Paris*. Des événements importants de l'histoire de France s'y sont déroulés, comme le sacre de Napoléon Ier ou les funérailles de certains présidents de la Ve République.

Le projet de Sully

C'est Maurice de Sully, l'évêque de Paris, qui décide de lancer la construction de l'édifice pour doter Paris d'une cathédrale moderne obéissant aux nouvelles règles de l'architecture gothique.
La première pierre est posée en 1163 sous le règne de Louis VII. Le chœur est achevé vers 1177 et accueille bientôt les premières messes.

Une longue construction

La façade et les tours sont achevées vers 1250. La cathédrale est presque finie lorsqu'il est décidé d'ajouter des chapelles pour parfaire cette construction gothique. Notre-Dame est donc finalement achevée au milieu du XIVe siècle.

Le savais-tu ?

Le parvis de la cathédrale représente le kilomètre zéro : c'est le point de départ qui permet de mesurer la distance entre Paris et les autres villes.

Des dégradations successives

Lorsque Louis XIV s'installe à Versailles, la cathédrale est délaissée et se détériore. Elle sera complètement dégradée pendant la Révolution. Ce n'est qu'au XIXe siècle que ses façades extérieures et ses statues seront restaurées, et que son clocher pointu — la flèche — sera reconstruit.

LE PARIS DES TEMPLIERS

Les chevaliers de l'ordre du Temple, cet ordre de moines-soldats, ont toujours fasciné par leur côté mystérieux.

Qui sont les Templiers ?

À la fin du XIe siècle, la ville de Jérusalem, qui abrite le tombeau du Christ, est aux mains des soldats musulmans. Pour libérer la ville, une première croisade de chrétiens est menée en 1096. Pour protéger les pèlerins, un ordre de moines-soldats dépendant du pape est créé. À Jérusalem, ces chevaliers s'installent dans l'ancien temple de Salomon, d'où leur nom de « Templiers ».

Le trésor des Templiers

L'ordre des Templiers dirige et supervise également 9 000 fermes réparties dans toute l'Europe. Les Templiers deviennent les banquiers des papes et des rois. On pense ainsi qu'ils amassent un véritable trésor. En réalité, le trésor des Templiers est surtout constitué de terres et de bâtiments, et non de sommes d'argent rassemblées par le roi, dont l'ordre est le gardien, et que certains cherchent encore aujourd'hui !

Le Temple de Paris

Les chevaliers arrivent à Paris en 1140 et achètent des terrains marécageux. Un siècle plus tard, leur domaine s'est transformé en une véritable cité fortifiée. C'est la plus grande commanderie templière de France et c'est aussi le siège européen de l'ordre. Ces fortifications sont détruites en 1667 et le donjon au XIXe siècle.

La fin des Templiers

À la fin du XIIIe siècle, les chrétiens sont définitivement chassés de la Terre sainte. Les Templiers se replient en Europe. Le roi Philippe le Bel n'apprécie pas leur puissance et décide de les éliminer. Le 13 octobre 1307, il réussit à les faire tous arrêter. Une trentaine de Templiers sont brûlés vifs. Philippe le Bel récupère ensuite toutes leurs richesses et il persuade le pape de supprimer l'ordre en 1312.

La malédiction des Templiers

Sur le bûcher, le grand maître de l'ordre, Jacques de Moslay, aurait lancé une malédiction à l'encontre du roi de France et du pape. Serait-ce pour cela que Philippe le Bel et le Pape Clément V sont morts cette même année ?

LE PARIS DE NICOLAS FLAMEL

À travers les siècles, les légendes et les mystères ont fait partie intégrante de l'histoire de Paris. Voici l'une de ces légendes…

Nicolas Flamel (vers 1330 – 1418)

Nicolas Flamel était-il vraiment alchimiste ? Aurait-il découvert ce que tout alchimiste recherche : le secret de la pierre philosophale, à savoir la formule qui permet de transformer le plomb en or et de devenir immortel ?

La légende de l'alchimiste

Lors d'une vision, Nicolas Flamel aperçoit un ange tenant un livre mystérieux avec des symboles indéchiffrables pour lui. Il achète ce livre, pensant qu'il renferme la formule pour transformer le plomb en or. Puis il se forme à l'alchimie. Après plus de 20 ans, il met au point la fameuse pierre philosophale. Pour certains, c'est de cette découverte que viendraient sa fortune... et son immortalité !

Qui était vraiment Nicolas Flamel ?

Nicolas Flamel est au départ un écrivain public : il réécrit des livres, puis il ouvre une librairie à Paris. Contrairement à la croyance populaire, sa fortune personnelle vient de l'héritage de sa femme. À sa mort, il lègue tous ses biens aux plus démunis et à l'Hôtel-Dieu.

D'où vient cette légende ?

Au XVe siècle, des rumeurs courent sur la provenance de la fortune de Flamel : des expériences alchimiques lui auraient permis de découvrir la pierre philosophale.
En 1612 paraît *Le Livre des figures hiéroglyphiques*, une compilation de textes attribués à Flamel. On ne sait pas qui est l'auteur de ce livre, mais ce que l'on sait, c'est que tout y a été inventé !
La supercherie est découverte au XVIIIe siècle par l'abbé Étienne-François Villain.

LA CONCIERGERIE

Du palais de la Cité, siège du pouvoir royal du Xᵉ au XIVᵉ siècle, il ne reste aujourd'hui que la Conciergerie et la Sainte-Chapelle.

Une histoire royale

Clovis installe sa résidence royale sur l'île de la Cité. Philippe Auguste en fait ensuite le siège de son pouvoir, puis Saint Louis l'embellit en y ajoutant la Sainte-Chapelle. Enfin, Philippe le Bel y fait édifier la Conciergerie. Mais Charles V quitte le palais à partir de 1360 pour s'installer au Louvre. Les rois de France n'y résideront plus.

Pourquoi ce nom ?

Ce nom vient du « concierge », l'intendant (le *gestionnaire*) de la maison royale. Nommé par le roi, il est un personnage important du royaume puisqu'il est chargé d'administrer le palais de Justice et sa prison. Il loge dans le palais de la Cité, qui abrite à l'époque le Parlement et la Chambre des comptes.

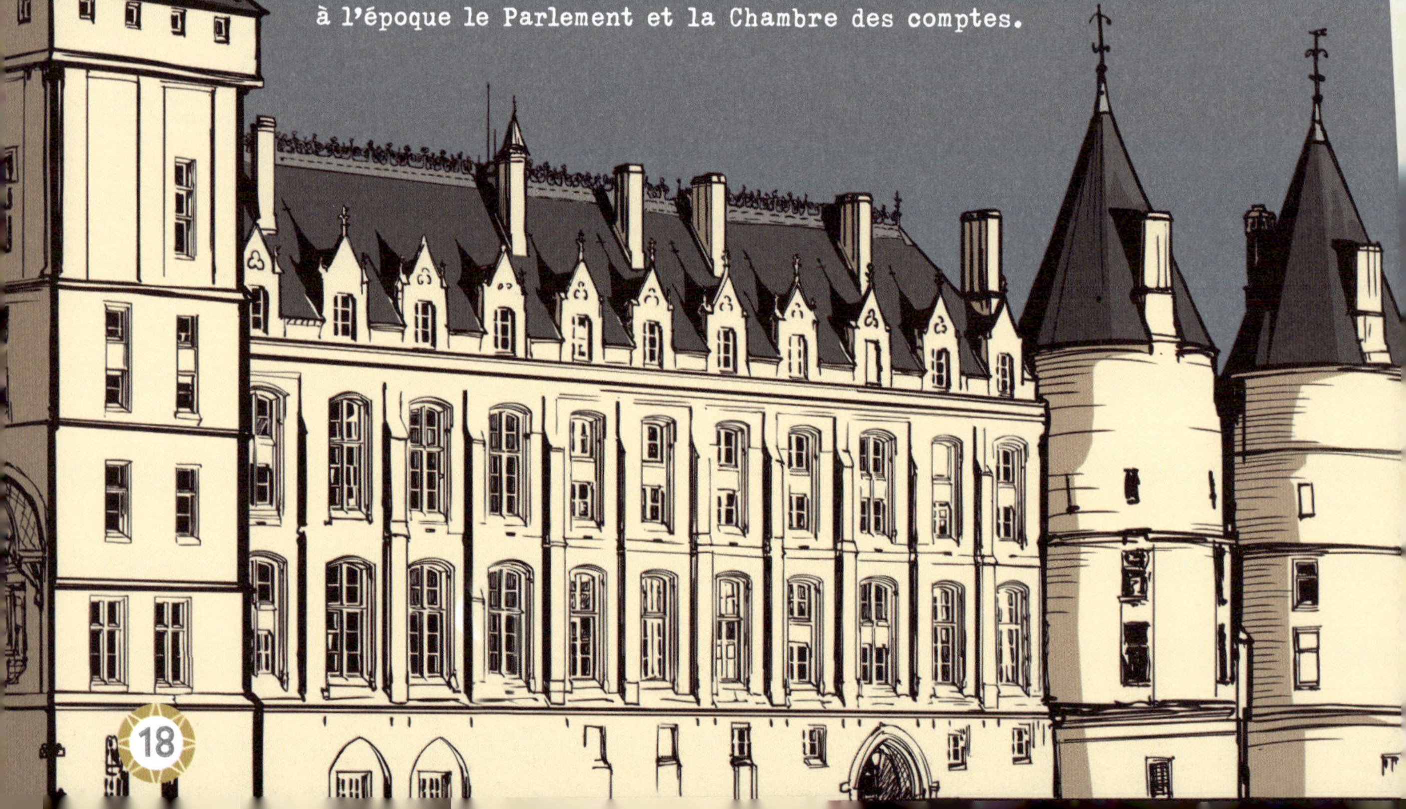

Étrange bâtiment

C'est à Philippe le Bel qu'on doit cette architecture gothique et ses quatre tours : la tour de l'Horloge, qui accueillit la première horloge publique de Paris en 1370, la tour César, construite sur des fondations romaines, la tour d'Argent, qui contenait le trésor royal, et la tour Bon-Bec, réservée aux tortures.
Le roi y fait aussi aménager une salle des gardes et une immense salle des gens d'armes, la plus grande salle médiévale conservée en Europe à ce jour.

Philippe Le Bel

La Sainte-Chapelle

Située dans l'enceinte du palais de la Cité, à côté de la Conciergerie, cette chapelle est bâtie sur ordre de Saint Louis, qui veut y abriter les saintes reliques, des vêtements ou objets ayant appartenu à des saints ou apôtres de Jésus. Ce bâtiment religieux à deux étages est aussi haut qu'une cathédrale et comporte 1113 sublimes vitraux !

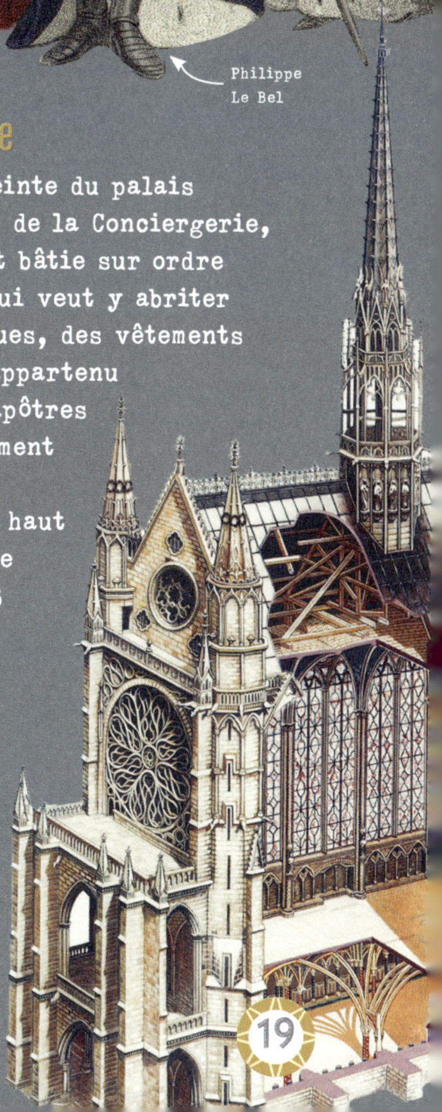

Plus ancienne prison de France

En 1392, la Conciergerie devient une prison. Ravaillac, l'assassin d'Henri IV, y séjournera. Sous la Révolution, la Conciergerie devient la prison du tribunal révolutionnaire et voit passer Marie-Antoinette, Danton, Robespierre ou encore Charlotte Corday. Elle reste une prison jusqu'en 1914. Le palais de Justice de Paris s'y installe ensuite jusqu'en 2018.

LE PARIS DE LA RENAISSANCE

Au XVIe siècle, Paris devient une des villes les plus prestigieuses d'Europe. Elle se dote de nouveaux palais et de grandes places.

Paris s'embellit

De leurs expéditions en Italie, les rois de France rapportent des idées et des artistes comme Léonard de Vinci. François Ier, par exemple, fait paver les quais de Seine et aligner les rues de Paris sur le modèle des villes italiennes. Sous son règne, la Sorbonne devient le plus grand centre universitaire d'Europe. Il fait du Louvre sa principale résidence parisienne et le modernise dans l'esprit de la Renaissance.

Les îles de Paris

L'île de la Cité n'est pas la seule île de Paris, puisqu'elle est située à côté de l'île Notre-Dame et de l'île aux Vaches. L'île Saint-Louis naît de la réunion de ces deux îlots en 1614, lorsqu'on a rempli le canal qui les séparait. Le pont Marie est construit de 1614 à 1635 pour relier la rive droite à l'île Saint-Louis.

Renaissance française

La nouvelle architecture parisienne s'inspire de la Renaissance italienne, tout en gardant un style résolument antique. Henri IV modernise Paris en y faisant bâtir des constructions spectaculaires. Le pont Neuf, premier pont de pierre construit sur la Seine et dépourvu d'habitations, abrite ainsi la première pompe à eau. Henri IV fait aussi construire la Grande Galerie du Louvre pour relier le bâtiment au palais des Tuileries.

Des hôtels particuliers

Les belles demeures se multiplient à Paris. Sur les ruines du palais des Thermes, premier palais de l'ancienne Lutèce, l'abbé de Cluny fait construire une belle résidence parisienne qui sera habitée un temps par le cardinal Mazarin. L'hôtel de Sens, ancienne résidence des archevêques de Sens à la fin du XVe siècle, accueillera aussi la reine Margot et de nobles chevaliers jusqu'à la Révolution.

L'Observatoire de Paris

En 1667, Louis XIV fonde l'Observatoire de Paris, un établissement de recherches astronomiques qu'il équipe d'instruments performants pour établir des cartes de navigation. Cet observatoire a joué un rôle très important dans les découvertes de l'astronomie française et dans le développement de la cartographie et de la météorologie. C'est le plus ancien observatoire du monde qui soit encore en fonctionnement.

LE PARIS DE CATHERINE DE MÉDICIS

Depuis sa jeunesse, Catherine de Médicis aime s'entourer d'astrologues et de savants, ainsi que d'artistes italiens.

Mère de trois rois de France

Catherine de Médicis est née en 1519 à Florence, en Italie. En 1533, elle épouse le futur roi Henri II et devient reine de France. À la mort d'Henri II, son fils aîné, François II, devient roi brièvement avant de mourir. Son successeur, Charles IX, étant trop jeune, c'est Catherine, sa mère, qui va régner à sa place : elle sera ainsi régente du royaume jusqu'à la mort du roi. Par la suite, son troisième fils, Henri III, montera sur le trône.

Nostradamus

Michel de Nostre-Dame est un médecin et écrivain français du XVIe siècle, célèbre pour ses *Prophéties*. Catherine de Médicis l'a très souvent consulté au sujet de ses fils. Il aurait notamment annoncé la façon dont Henri II risquait de mourir et la succession de ses trois fils sur le trône de France, ainsi que le règne d'Henri de Navarre, futur Henri IV.

Une influenceuse

L'arrivée de Catherine de Médicis à la cour favorise l'accueil d'artistes italiens et stimule le développement de l'art en France. À Paris, Catherine fait construire le nouveau Louvre et le palais des Tuileries dans un style Renaissance. Cette influence italienne se retrouve même dans la gastronomie, avec l'arrivée des macaronis !

Superstitieuse !

Catherine de Médicis aime interroger les astrologues pour tenter de connaître ou de forcer l'avenir. En plus de consulter des alchimistes et des sorciers de la cour, elle se tourne vers des astrologues pour avoir plus de chances de donner un héritier au roi. Après la naissance de son fils en 1544, elle fera de plus en plus souvent appel à eux. C'est à Nostradamus qu'elle donne plus particulièrement sa confiance.

Les guerres de religion

Catherine de Médicis tente de réconcilier catholiques et protestants, allant même jusqu'à accorder aux protestants la liberté de culte. Néanmoins, elle n'empêche pas le massacre de la Saint-Barthélemy qui débute à Paris dans la nuit du 23 au 24 août 1572. 3 000 protestants seront tués par les catholiques, alors qu'ils étaient réunis à Paris pour le mariage de leur chef Henri de Navarre.

LE PARIS DE LA REINE MARGOT

Admirée pour sa grande beauté, la reine Margot est l'une des figures les plus célèbres de l'histoire de France !

Qui est-elle ?

Fille de Henri II et de Catherine de Médicis, Marguerite de Valois épouse Henri de Navarre le 18 août 1572. C'est à l'occasion de son mariage qu'a lieu le massacre de la Saint-Barthélemy. Henri de Navarre, chef des protestants, y échappe de justesse. Toute sa vie, Margot sera tiraillée entre sa loyauté envers son mari, protestant d'origine, bien que converti au catholicisme par la suite, et sa fidélité à ses frères catholiques. Elle meurt à l'âge de 61 ans.

Une reine prisonnière

Lorsque son frère Charles IX meurt, Marguerite se range du côté de son époux, Henri de Navarre. Ayant intrigué avec son frère, elle est chassée de la cour, puis, à partir de 1586, on la garde prisonnière en Auvergne, en raison des conflits opposant son frère Henri III de France, son mari Henri de Navarre et le duc de Guise.

Une reine de France en exil

En 1589, Henri III meurt sans héritier. Son plus proche parent, Henri de Navarre, monte alors sur le trône sous le nom d'Henri IV. En 1594, il est sacré roi de France et Marguerite de Valois, son épouse, devient reine de France. Comme Marguerite ne peut pas avoir d'enfants, Henri IV fera annuler son mariage en 1599 pour pouvoir se remarier.

Le retour à Paris

En 1605, Marguerite revient à Paris avec la permission du roi. Elle se fait bâtir l'« hôtel de la Reine » sur la rive gauche de la Seine. Elle achète également des terrains pour se doter d'un vaste jardin et d'un parc. Entourée d'écrivains, de poètes, de philosophes et d'artistes, son hôtel devient un haut lieu de la vie intellectuelle parisienne.

Marguerite de Valois ou reine Margot ?

Marguerite de Valois est une figure historique car elle fut tour à tour fille, sœur et femme de rois. L'appellation de « reine Margot » est une invention : c'est l'écrivain Alexandre Dumas qui la baptise ainsi dans son roman du même nom au XIXe siècle.

PARIS SOUS L'ANCIEN RÉGIME

Au début du XVIIe siècle, Paris renforce sa situation de capitale de la France.

Paris s'étend

En 1670, les murailles qui entourent la vieille ville s'ouvrent alors qu'on bâtit des arcs de triomphe à la gloire de Louis XIV. En 1702, Paris est divisée en vingt quartiers. Les quartiers résidentiels se développent de plus en plus et les faubourgs de la rive gauche s'étendent peu à peu vers l'ouest.

Le confort et l'hygiène s'améliorent

À Paris, les fontaines se multiplient et des pompes à eau sont créées. On ajoute des numéros aux maisons à partir de 1775 et les trottoirs font leur apparition. Des hôpitaux, des églises et de nouvelles rues sortent de terre. De grandes avenues sont aménagées en promenades, puis les jardins des Tuileries, du Luxembourg et du Palais-Royal sont ouverts au public.

Sécurité avant tout

En 1667, Colbert, ministre de Louis IV, nomme La Reynie lieutenant général de police et lui ordonne de rendre la ville moins sale et moins dangereuse. Ce dernier désigne alors 48 commissaires de police et met en place tout un réseau d'indicateurs : ces personnes qui le renseignent sont baptisées « les mouches ». Il peut ainsi tout superviser : sécurité publique, religion, santé, approvisionnement, circulation, inondations, incendies...

Les apports de La Reynie

La Reynie impose le pavage et l'éclairage des rues grâce à plus de 6 000 lanternes, la collecte des déchets, l'éloignement des mendiants, des faux estropiés et des paralysés, le contrôle des hôtelleries, des auberges, des forains et de tous les étrangers de passage, ainsi que des blessés. Il instaure également des règles de circulation et de stationnement dans la ville.

LE LOUVRE

Tour à tour forteresse, château, puis palais royal, le Louvre a été le théâtre de nombreux affrontements.

De la forteresse médiévale...

En 1187, Philippe Auguste veut renforcer son autorité. Il fait alors édifier une forteresse. Composé de dix tours et d'un donjon immense, cet imposant bâtiment permettra de surveiller l'arrivée d'éventuels ennemis par la Seine. Au XIVe siècle, Charles V lui ajoutera des tourelles, une nouvelle entrée vers le jardin royal et de larges fenêtres pour amener la lumière dans les pièces jusqu'alors très sombres, typiques du style médiéval.

... au palais à l'italienne

Avec François Ier au XVIe siècle, puis avec son fils Henri II, le Louvre devient un palais à l'italienne : le donjon est détruit, l'entrée principale condamnée et de grandes statues sont érigées. Henri IV (1589-1610) fera, lui, relier le Louvre au palais des Tuileries en exigeant l'édification d'une Grande Galerie. Cette immense construction de près de 500 m ne sera achevée que sous le règne de Napoléon III.

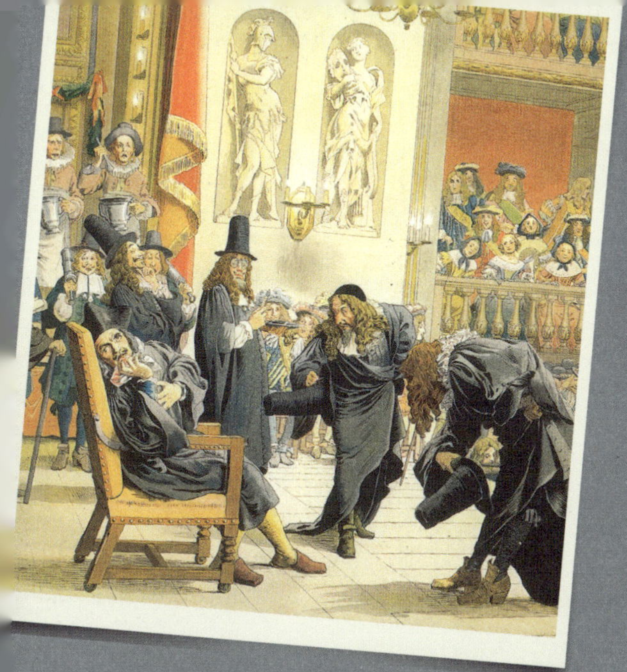

De lieu de pouvoir…

Au XIIIe siècle, le Louvre sert à protéger et à surveiller les Parisiens, mais c'est aussi une prison. En 1295, Philippe le Bel y cache son trésor royal. Charles V est le premier roi de France à faire du Louvre sa résidence principale et à le transformer en un véritable palais. François Ier réside un temps au Louvre, dont l'architecture lui sert à impressionner ses rivaux.

…à centre culturel

Henri IV fait construire une salle pour recevoir des artistes et organiser des fêtes. En 1658, Molière y joue une pièce de théâtre devant Louis XIV.

Le Roi-Soleil y bâtit aussi une nouvelle galerie pour abriter les joyaux de la Couronne de France. Des académies de sciences et de peinture s'installent aussi au Louvre. À partir de 1725, des salons accueillent du public et en 1737, une première exposition de tableaux et de sculptures y est organisée. C'est la naissance du musée !

Le Louvre aujourd'hui

Le Louvre est aujourd'hui l'un des plus grands musées du monde. On y trouve des peintures, des sculptures, des céramiques, des objets archéologiques… C'est là qu'on peut admirer *La Joconde* de Léonard de Vinci !

LES INVALIDES DE LOUIS XIV

En 1670, Louis XIV décide d'édifier un énorme ensemble architectural qui, presque deux siècles plus tard, abritera la tombe de Napoléon.

Naissance des Invalides

Au XVIIe siècle, Louis XIV est à la tête de l'un des royaumes les plus importants d'Europe, qu'il domine notamment grâce à la guerre. Or, qui dit guerre dit blessés, estropiés, aveugles, manchots...

Le nombre de soldats invalides devenant de plus en plus important, le Roi-Soleil décide de prendre en charge les victimes en construisant un bâtiment royal, véritable hôpital-hospice.

L'envers du décor

Cette magnifique construction, voulue par le roi pour montrer sa générosité, cache en fait une réalité beaucoup plus politique : ainsi rassemblés au sein des Invalides, les invalides de guerre deviennent moins visibles pour les Parisiens qui, avant, déploraient de les voir errer dans les rues de Paris.

Un hôtel luxueux

La construction et la décoration de l'hôtel des Invalides sont confiées aux plus grands artisans et artistes de cette époque. Le gros du chantier est terminé en octobre 1674 et l'établissement peut accueillir ses premiers rescapés de la guerre. Trois ans plus tard, l'église des soldats est terminée, puis l'église royale en 1706. C'est la plus importante réalisation architecturale lors du règne de Louis XIV — après Versailles, bien sûr !

Et après Louis XIV ?

Les successeurs de Louis XIV maintiennent cette institution jusqu'à la Révolution française. À partir de 1793, les Invalides accueillent les drapeaux dérobés à l'ennemi pendant la guerre. En 1798, le Directoire, régime politique qui succède au gouvernement révolutionnaire, y fête la fondation de la République. Le site devient par la suite un genre de cimetière qui accueille les dépouilles de maréchaux, puis les cendres de Napoléon Ier.

Un musée

Après 1870, le rôle d'hospice des Invalides disparaît. Les soldats invalides deviennent peu à peu les gardiens du musée de l'Artillerie qui ouvre en 1872, puis du musée historique de l'Armée, fondé en 1896. Avec la Première Guerre mondiale, les Invalides redeviennent un hôpital militaire.

AUTOUR DE LA BIÈVRE

La Bièvre, rivière d'environ 35 km qui se jette dans la Seine à Paris, a permis l'alimentation en eau de nombreux lieux.

Une utilisation précoce

Les bords de la Bièvre accueillent dès le XIe siècle des moulins à eau. La rivière, détournée pour irriguer les terres et alimenter les moulins, est ensuite divisée en deux.

Une rivière magique ?

Au XVe siècle, le teinturier Jean Gobelin décide de s'installer sur les bords de la Bièvre. Comme son entreprise rencontre un grand succès, ses concurrents pensent que cette réussite est liée à la qualité exceptionnelle des eaux. La Bièvre aurait-elle un pouvoir magique ? Rien n'est moins sûr, mais pour autant, de nombreux teinturiers s'installent à proximité dans l'espoir de faire fortune eux aussi.

Un danger pour tous

Chassés de la capitale et des abords de la Seine, de nombreux corps de métier ayant besoin d'eau s'installent sur les bords de la Bièvre vers la fin du XVIIe siècle : teinturiers, blanchisseurs, tanneurs... Au XVIIIe siècle, c'est au tour des entrepôts et usines. De ce fait, les riverains y vident détritus, produits toxiques et restes d'animaux, polluant les eaux de la Bièvre, qui deviennent insalubres.

Le Jardin des Plantes

Le Jardin royal des plantes médicinales voit le jour au bord de la Bièvre en 1635. Il a pour mission de former des futurs médecins et apothicaires (pharmaciens). Des serres leur permettent ainsi d'étudier des espèces animales et végétales rares. Sous Louis XVI, ce domaine devient un véritable centre de recherche. En 1793, il reçoit officiellement le titre de Muséum national d'histoire naturelle.

La Ménagerie du Jardin des plantes

Ce zoo ouvre en 1794 afin d'enrichir les collections du Muséum d'animaux vivants et de mettre fin aux exhibitions d'animaux sauvages dans les rues de la capitale. Dès 1798, la Ménagerie accueille éléphants, lions, chameaux, autruches, ours et buffles.

TOUS À VERSAILLES

Sous le règne de Louis XIV, on construit moins dans Paris afin de privilégier les alentours du château de Versailles.

Pourquoi quitter Paris ?

Dans son enfance, Louis XIV a été marqué par la Fronde, la révolte des princes, des parlements et du peuple. Pour garder la noblesse sous la main, il décide de faire construire un grand château. Par ailleurs, il a tellement vu sa mère adorée souffrir au Louvre qu'il ne veut pas y rester. Quand elle meurt, il quitte définitivement le Louvre pour habiter au château de Saint-Germain.

Un pavillon de chasse

Louis XIV a un coup de cœur pour cette demeure de son père. Il envisage rapidement d'y donner des fêtes. Le problème est que les invités se sentent à l'étroit dans ce « petit » bâtiment. En 1661, le roi ordonne donc la transformation du pavillon en demeure royale. Le 6 mai 1682, il quitte sa résidence de Saint-Germain-en-Laye et s'installe à Versailles avec toute sa cour.

Pourquoi Versailles ?

Louis XIV souhaite faire bâtir un palais qu'il concevrait et dirigerait entièrement. Le Louvre, tout comme le château de Saint-Germain, n'est pas son œuvre. De plus, le roi adore la campagne, où il chasse et chevauche, ce qui n'est pas possible à Paris. Il se tourne donc vers le pavillon de chasse construit par son père, Louis XIII, à Versailles.

Versailles, nouvelle demeure royale

Versailles devient le siège du pouvoir royal. Louis XIV y surveille la noblesse pour ne pas avoir à faire face à une nouvelle révolte. Il incite donc fortement les nobles à vivre près de lui. À Versailles, il instaure une vraie société de cour. À la fin de son règne, Versailles et ses dépendances accueillent environ 10 000 personnes, dont 5 000 courtisans.

Un palais luxueux

Le palais de Versailles est vaste et les jardins splendides. Contrairement à Paris, il est d'une grande modernité avec ses routes larges et droites. La cour y est entretenue de façon somptueuse. Ainsi, le Roi-Soleil peut exposer au monde entier toute sa grandeur et toute la puissance de son règne. Certes, tout cela coûte fort cher, mais Louis XIV ne regarde pas à la dépense pour étouffer la soif de révolte de l'aristocratie.

LE PARIS DES POISONS

Au milieu du XVIIe siècle, Paris connaît un des épisodes les plus sombres de son histoire : l'affaire des poisons.

Le début de l'affaire

Le 31 juillet 1672, un homme est retrouvé mort à son domicile. À côté de lui, on découvre des fioles contenant des poisons mortels et des lettres de sa maîtresse, la marquise de Brinvilliers, dans lesquelles elle avoue avoir empoisonné son père et ses deux frères. Un document met aussi en cause un ami de Colbert, le ministre du roi. L'affaire est donc suivie de près au sommet du royaume...

Paris, lieu de toutes les expériences

Des mages et des devins italiens sont arrivés massivement à Paris avec la reine Catherine de Médicis. Depuis la fin du XVIe siècle, charlatans, diseuses de bonne aventure et chercheurs de trésors proposent des remèdes en tous genres à Paris. Des poisons sont même vendus librement un peu partout dans la ville !

Un acte loin d'être isolé

Les morts suspectes se multiplient au même moment dans la haute société. Des épouses de ministres du roi, des duchesses, des marquises utiliseraient-elles aussi des poisons ? Le roi fait appel au lieutenant général de la police de Paris, Nicolas de La Reynie, pour faire toute la lumière sur cette affaire.

Le réseau des sorcières

En septembre 1677, La Reynie entend parler d'un complot par « poudre blanche » visant le roi. Grâce à une détenue de prison, il apprend qu'une personne fournirait des poisons à des femmes issues de l'aristocratie. Le nom de Catherine Deshayes, dite la Voisin, qu'on soupçonne de sorcellerie, est cité, et on lui attribue plusieurs complices. Les enquêteurs découvrent un véritable réseau d'empoisonneurs ! On parle aussi d'avortements clandestins, de sortilèges et de messes noires...

La Chambre ardente

Le 7 avril 1679, Louis XIV crée une cour spéciale pour juger « l'affaire des poisons » : la Chambre ardente. Cette cour interroge plus de 400 accusés en 3 ans. Des noms de grands personnages de la cour sont cités, dont celui de Madame de Montespan, la favorite du roi. Louis XIV met alors un terme à cette enquête incroyable. Il y aura en tout 34 personnes exécutées, 5 envoyées aux galères et 23 bannies.

LE PARIS DES LUMIÈRES

Les salons apparaissent au XVIe siècle, se développent au XVIIe siècle, puis se multiplient au XVIIIe siècle. On en compte 62 sous le règne de Louis XVI.

La naissance des Lumières

À la mort de Louis XIV en 1715, les intellectuels se réjouissent de pouvoir enfin échapper à la domination du roi. Ils retournent à Paris, où ils se rencontrent désormais dans des salons. Des idées très humanistes commencent à se diffuser, permettant l'épanouissement des Lumières. La cour n'est désormais plus la seule source d'opinion.

Qu'est-ce qu'un salon ?

C'est une réunion de personnes cultivées, bourgeoises ou nobles, qui discutent de l'actualité, de culture et de science. Ce sont bien souvent des femmes qui « tiennent salon ». Les écrivains, les artistes et les savants y rencontrent des gens du monde, des financiers et des ministres pour débattre, critiquer ou faire circuler de nouvelles idées.

Le salon, milieu favorable à la Révolution

Les idées qui circulent à travers tout Paris, grâce aux salons, influenceront fortement l'opinion publique, y compris celle des ministres, que les discours des philosophes sur la politique et la culture intéressent vivement. Ce sont d'ailleurs ces idées qui serviront de base aux réclamations du peuple, puis à la Révolution.

Les femmes dans les salons

Si ce sont les dames qui accueillent dans les salons, ils sont pour autant essentiellement composés d'hommes. Au XVIIIe siècle, à peine un tiers des femmes savent écrire et lire. Celles qui reçoivent sont d'ailleurs souvent des femmes de culture qui écrivent beaucoup. Le salon de Madame Geoffrin, femme d'esprit issue d'une famille bourgeoise, est l'un des plus importants du siècle.

Comment choisir un salon ?

Chaque salon dépend des centres d'intérêt ou des opinions de la personne qui l'organise et de ses invités, qu'ils soient des aristocrates ou des hommes politiques. La priorité est toujours donnée à l'échange d'idées, au débat, à la critique et à la création d'écrits philosophiques.

LES PHILOSOPHES

Au XVIIIe siècle, notamment grâce aux salons parisiens, la pensée des philosophes des Lumières se diffuse et se répand.

Pourquoi les « Lumières » ?

Au XVIIIe siècle, les philosophes veulent « éclairer » l'esprit des gens en leur apportant la connaissance (la lumière). Ces penseurs réclament la tolérance, l'égalité, la liberté et poussent le peuple à penser par lui-même au lieu de suivre l'opinion du roi ou des prêtres de l'Église catholique. En un mot, les philosophes veulent remettre en question la monarchie de droit divin et certaines valeurs.

Pour l'abolition de l'esclavage

Comme ils sont pour l'égalité entre tous les hommes, les philosophes sont aussi contre l'esclavage. Rousseau dénonce l'esclavage dans *Du Contrat social*, Diderot dans *Histoire des Deux Indes*, et Voltaire dans *Candide ou l'Optimisme*.

Les idées des Lumières

Une des revendications principales des Lumières est l'abolition de la monarchie absolue, dans laquelle le roi domine le peuple et monopolise tous les pouvoirs. Montesquieu pense qu'il faut séparer les pouvoirs entre le roi d'un côté, et un parlement de l'autre. Rousseau va plus loin en exigeant la démocratie : pour lui, les citoyens doivent avoir plus de droits et devraient pouvoir élire leurs représentants. Les philosophes veulent aussi combattre l'intolérance religieuse et autoriser la liberté de culte.

En France et ailleurs

Les idées des Lumières se propagent dans les cercles aristocratiques et bourgeois européens. Certains rois ou reines vont même essayer de mettre en pratique la pensée de ces philosophes, comme Catherine II de Russie ou Frédéric II de Prusse, qu'on appellera des « despotes éclairés ». Ces réflexions vont aussi inspirer la Constitution des États-Unis en 1787, ainsi que la *Déclaration des droits de l'homme et du citoyen* durant la Révolution.

L'*Encyclopédie*

En 1747, Diderot et d'Alembert ont l'idée de regrouper toutes les connaissances dans une même encyclopédie. De nombreux écrivains et savants, comme Montesquieu, Buffon ou Voltaire, contribueront à ce projet. Les deux premiers volumes paraissent en 1751. La version complète mettra 20 ans à être publiée. Elle comptera beaucoup d'images afin de mettre la connaissance à la portée de ceux qui ne savent pas lire.

LA PRISE DE LA BASTILLE

La Révolution française débute par la prise de la Bastille en 1789. Elle se termine quand Napoléon Bonaparte prend le pouvoir en 1799 lors d'un coup d'État.

Des Parisiens affamés et mécontents

Avec la mauvaise moisson de l'été 1788, les prix augmentent, les commerçants sont en grande difficulté et le peuple a faim. Sous l'influence des Lumières, les Français demandent l'égalité pour tous, la fin des privilèges des nobles et du clergé, et réclament également moins d'impôts.

Le serment du Jeu de paume

Les députés du tiers état, qui représentent les bourgeois, les artisans, les ouvriers et les paysans, demandent des règles plus égalitaires, mais le clergé et la noblesse s'y opposent. Le 20 juin 1789, les députés décident de ne pas se séparer tant que leurs souhaits ne seront pas exaucés : c'est le serment du Jeu de paume. Le Ier juillet 1789, le roi est contraint d'accepter la rédaction d'une Constitution qui risque de l'obliger à partager son pouvoir.

La montée en puissance de la révolte

Peu de temps après, le roi cherche à reprendre son pouvoir en faisant venir ses troupes dans Paris. Le 11 juillet, Louis XVI renvoie son principal ministre, Necker, lequel était favorable aux réformes en faveur du peuple. Dès le lendemain, la nouvelle se répand dans Paris et le 13 juillet, les Français montent des barricades. Les soldats du roi refusent d'évacuer Paris et se rangent du côté du peuple.

La prise de la Bastille

Au matin du 14 juillet 1789, le peuple se rend aux Invalides pour y prendre des armes et des canons. La foule se dirige ensuite vers la prison de la Bastille, symbole du pouvoir du roi, pour libérer les prisonniers. La révolte est générale à Paris, c'est le début de la Révolution française !

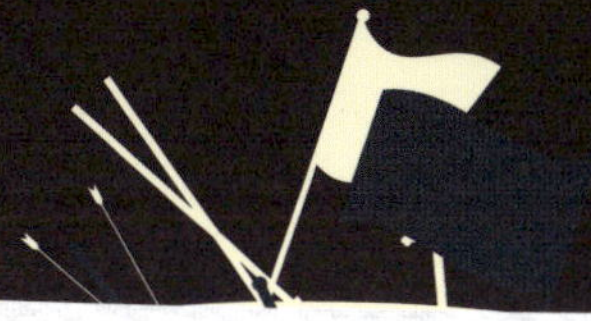

La Révolution en marche

Le 26 août, l'Assemblée nationale vote la *Déclaration des droits de l'homme et du citoyen*, la fin des privilèges de la noblesse et la suppression des biens du clergé. Les Français sont désormais tous égaux ! Le 5 octobre, les Parisiens et les Parisiennes se rendent à Versailles et ramènent de force la famille royale aux Tuileries.

LA RÉVOLUTION FRANÇAISE

Avec la Révolution, les opinions sont libres et les impôts plus équitables. Louis XVI partage désormais son pouvoir avec un parlement composé de deux groupes politiques : les Girondins et les Montagnards.

La fin de la monarchie

Pour aider et défendre Louis XVI, les rois européens envoient leurs armées en France. Aux yeux des Parisiens, c'est une preuve de la complicité du roi avec l'ennemi. Louis XVI est alors arrêté et emprisonné en août 1792. Un mois plus tard, la République est proclamée par l'assemblée, la Convention. Louis XVI est guillotiné le 21 janvier 1793.

Qui sont les sans-culottes ?

Ce sont des révolutionnaires qui ne portent pas les culottes de la bourgeoisie ou de la noblesse. Ils ont des pantalons longs, sont vêtus de gilets ou de vestes courtes (la carmagnole) et d'un bonnet rouge avec la cocarde (genre d'écusson) tricolore, symbole de dévouement au pays.

Les Montagnards au pouvoir

L'armée française repousse les envahisseurs, mais les paysans vendéens et les partisans de la royauté (les chouans) se révoltent soudain. Les Girondins refusant de s'allier aux sans-culottes pour contrer cette guerre civile, ils sont arrêtés le 2 juin 1793 et les Montagnards prennent le pouvoir.

Début et fin de La Terreur

Un gouvernement dur, « la Terreur », est mis en place. Danton, un grand révolutionnaire, est contre, alors que Robespierre, autre grande figure de la Révolution, souhaite le maintenir et fait exécuter les partisans de Danton au printemps 1794. Peu de temps après, Robespierre est à son tour arrêté et guillotiné par des députés qui craignent pour leurs vies.

Et les femmes dans tout ça ?

Les femmes ont eu un rôle important pendant la Révolution. Parmi elles, Olympe de Gouges, femme de lettres qui a lutté pour plus d'égalité et de justice entre les citoyens, et entre les femmes et les hommes. En 1791, elle a écrit la *Déclaration des droits de la femme et de la citoyenne*. À cause de ses idées, elle a été guillotinée en 1793.

LE PANTHÉON

Le Panthéon n'a pas toujours été le lieu de célébration des grands hommes que l'on connaît aujourd'hui.

Un lien étroit avec les rois

C'est Clovis, premier roi catholique, qui fait construire une basilique au sommet de la montagne Sainte-Geneviève pour y placer le tombeau de la protectrice de Paris, sainte Geneviève. Il veut faire de ce bâtiment le mausolée (tombeau) de la dynastie des Mérovingiens, ses descendants.

Qu'est-ce qu'un panthéon ?

Dans l'Antiquité, chacun des dieux grecs et romains était honoré dans un temple qui lui était consacré. Le panthéon, lui, était le temple consacré au culte de tous les dieux. De la même manière, un panthéon est aujourd'hui un lieu où l'on rend hommage à des hommes et des femmes qui ont marqué l'histoire de leur pays.

Les origines du Panthéon moderne

Plus tard, Louis XV, atteint d'une maladie grave, décide de consacrer à sainte Geneviève une nouvelle église s'il guérit. Rétabli, il charge l'architecte Soufflot de mettre en œuvre ce projet sur les ruines de l'ancienne basilique. La première pierre est posée par le roi Louis XV en 1764 et les travaux sont terminés en 1790.

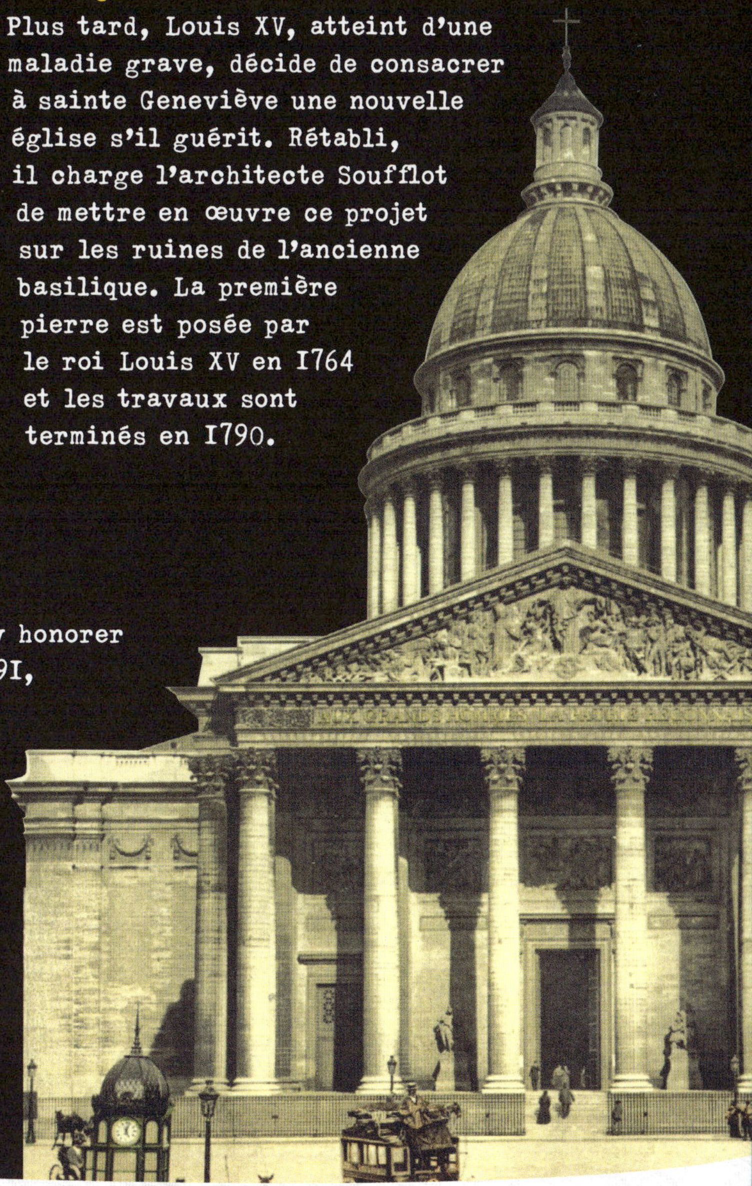

De l'église au temple des grands hommes

À la Révolution, les députés décident d'y honorer les grands hommes de la nation et, en 1791, de faire de cette église un temple laïc (indépendant de la religion), donc un panthéon. Napoléon Ier lui donne par la suite deux fonctions : monument funéraire (mortuaire) dans la crypte et lieu de culte dans la partie principale. Tantôt église catholique, tantôt temple laïc, le Panthéon est entièrement dédié au repos des grands hommes en 1885.

Une histoire de France

Les peintures de la nef présentent la vie de personnages importants d'avant la Révolution. Une grande fresque résume quelques batailles gagnées par Napoléon Ier. La coupole montre les grands hommes de l'histoire de France autour de sainte Geneviève. Sur la façade figurent Voltaire, Rousseau et Napoléon, avec l'inscription « Aux grands hommes la patrie reconnaissante ».

LE PARIS DE NAPOLÉON

Quand Napoléon Bonaparte arrive au pouvoir en 1799, il cherche à faire de Paris la plus belle ville du monde.

Pourquoi des travaux ?

En 1799, les rues et les maisons de Paris sont sales, les jardins publics abandonnés. Les bâtiments officiels et les hôtels particuliers ont, eux, été dégradés par la Révolution. Pour asseoir son pouvoir, Bonaparte veut des arcs de triomphe, des routes impériales... Il entreprend ainsi de grands chantiers pour moderniser la ville et améliorer la vie des habitants.

Le rêve fou de l'Empereur

En 1810, pour fêter la naissance de son fils, Napoléon lance la construction d'un palais qu'il veut aussi grand que Versailles, avec d'immenses jardins : le palais du roi de Rome. Napoléon étant exilé en 1814, le projet est suspendu.

Hommage aux soldats

Pour rendre hommage à ses soldats, Napoléon fait édifier deux arcs de triomphe, dont celui de la place de l'Étoile, en haut des Champs-Élysées. L'église de la Madeleine, aux allures de temple grec, est construite pour rendre gloire à sa grande armée. La colonne de la place Vendôme commémore, elle, sa victoire à Austerlitz.

Entre les deux Empires

Après la chute de Napoléon Ier, de nouveaux quartiers, une nouvelle enceinte, de nouvelles rues naissent. Les premières gares apparaissent. La croissance de Paris est alors très rapide. Certains quartiers s'embellissent à l'ouest, mais d'autres connaissent encore et toujours de mauvaises conditions de logement et de circulation, la criminalité et le manque d'hygiène. La capitale française est aussi secouée par les révoltes de juillet 1830 et de 1848.

D'autres travaux pour les Parisiens

Napoléon Ier fait construire des ponts, comme celui des Arts, premier pont en métal de France. Il fait aussi bâtir des fontaines et des canaux pour faire venir l'eau dans Paris. Il crée un système de numérotation des immeubles pour se repérer dans la ville. Il organise l'éclairage des rues et les premiers trottoirs bordés de caniveaux. Pour les commerçants, il fait bâtir un marché place Saint-Honoré et une halle aux vins à Bercy.

L'ARC DE TRIOMPHE

Ordonnée par Napoléon Ier en 1806, la construction de l'arc de triomphe de l'Étoile n'est achevée que 30 ans plus tard, sous le règne de Louis-Philippe.

Naissance d'un monument commémoratif

En 1806, de retour d'Austerlitz où il a battu les troupes austro-russes, Napoléon Ier veut renouer avec la tradition militaire de Louis XIV. Il fait construire son propre arc de triomphe, à sa gloire et à celle de sa grande armée.

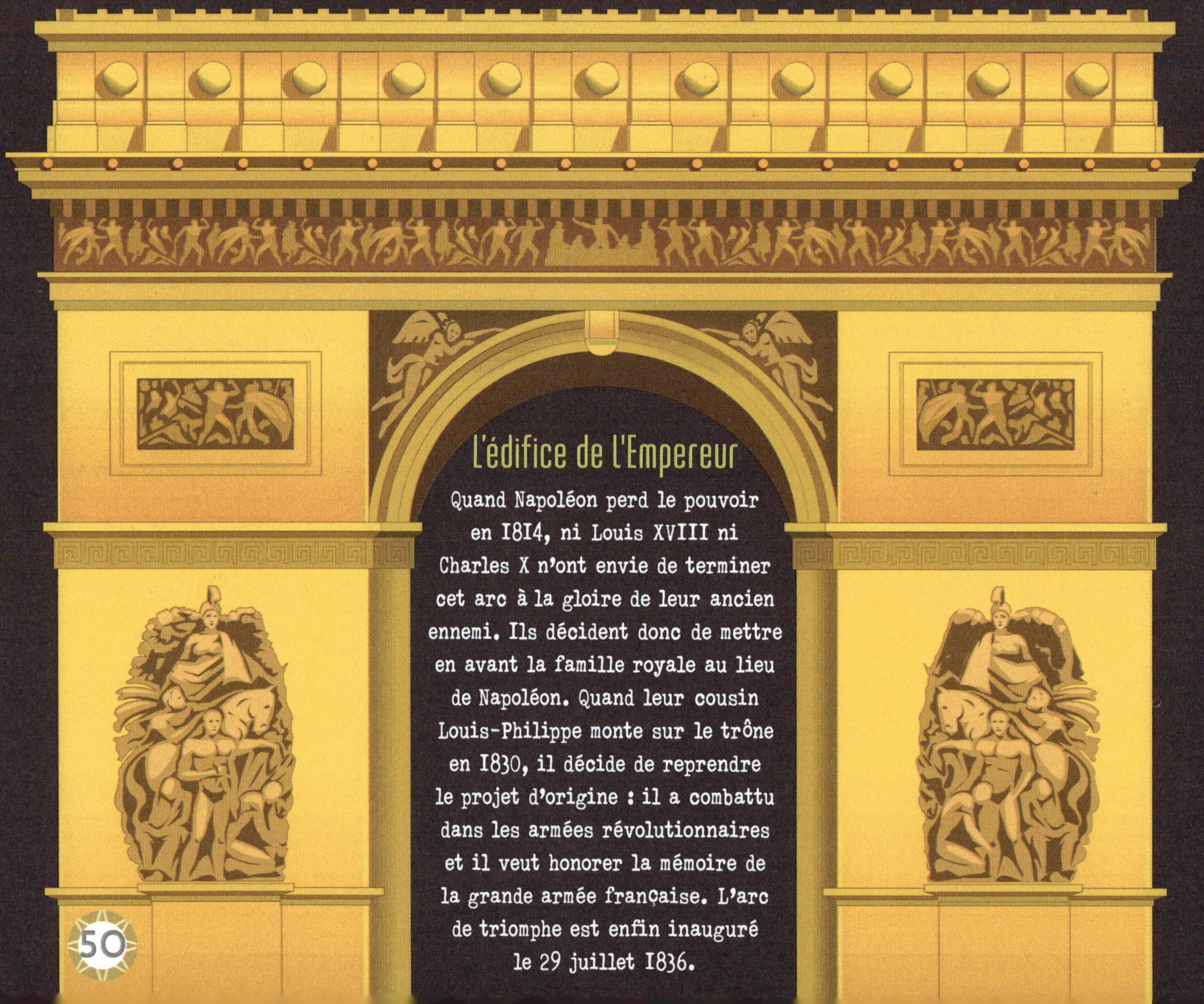

L'édifice de l'Empereur

Quand Napoléon perd le pouvoir en 1814, ni Louis XVIII ni Charles X n'ont envie de terminer cet arc à la gloire de leur ancien ennemi. Ils décident donc de mettre en avant la famille royale au lieu de Napoléon. Quand leur cousin Louis-Philippe monte sur le trône en 1830, il décide de reprendre le projet d'origine : il a combattu dans les armées révolutionnaires et il veut honorer la mémoire de la grande armée française. L'arc de triomphe est enfin inauguré le 29 juillet 1836.

Le Louvre devenu musée

Napoléon veut faire du Louvre un grand musée français. En 1801, les bâtiments sont entièrement rénovés. On y expose des collections royales et des prises de guerre. Les six premières salles sont ouvertes au public. L'Empereur veut aussi donner naissance à une rue du Triomphe, qui relierait le Louvre à la place du Trône (actuelle place de la Nation). Comme il manque d'argent, il se contente de faire construire une rue qui longe le Louvre et les Tuileries : l'actuelle rue de Rivoli.

La Bourse, un palais impérial

En 1808, Napoléon Ier fait construire le palais impérial de la Bourse, dans un style temple antique. Alexandre Brongniart, l'architecte en charge du projet, s'inspire du palais de Vespasien, un empereur romain du Ier siècle. Les travaux ne sont pas finis à la chute de l'Empire et ils se poursuivent jusqu'en 1826.

Le palais des Tuileries

Napoléon Bonaparte s'installe aux Tuileries en 1800. En 1806, il y fait créer une salle de spectacles et une chapelle, puis construire l'arc de triomphe du Carrousel, nouvelle entrée officielle du palais. C'est dans ce palais que naît son fils. Napoléon quitte définitivement le palais des Tuileries en 1815. Ses successeurs poursuivent son œuvre, mais lors de la révolte des Parisiens de 1871 (la Commune), le palais est incendié. Il n'en reste que le jardin.

LE CIMETIÈRE DU PÈRE-LACHAISE

Depuis 1765, une loi interdit les cimetières en ville. Paris commence donc à manquer de lieux de sépultures. En 1804, Napoléon Ier lance un décret pour la création et l'organisation de nouveaux cimetières.

De la colline Mont-Louis au cimetière de l'Est

Au XVIIe siècle, les jésuites installent leur maison de repos sur la colline Mont-Louis. François d'Aix de La Chaise, dit le Père Lachaise, prêtre confesseur de Louis XIV, l'embellit et lui laisse son nom. Les jésuites en sont expulsés en 1762. Leur domaine est racheté en 1804 par le préfet de Paris pour y établir le premier des trois grands cimetières prévus aux portes de la capitale : le cimetière de l'Est ou du Père-Lachaise.

Évolution du cimetière

Le Père-Lachaise connaît cinq agrandissements en 1824, 1829, 1832, 1842 et 1850, qui le font passer d'environ 17 hectares à plus de 43 hectares. Les tracés de Brongniart sont conservés et prolongés, mais les tombes sont de plus en plus nombreuses. Le jardin d'origine devient une cité des morts, avec ses rues et ses chapelles.

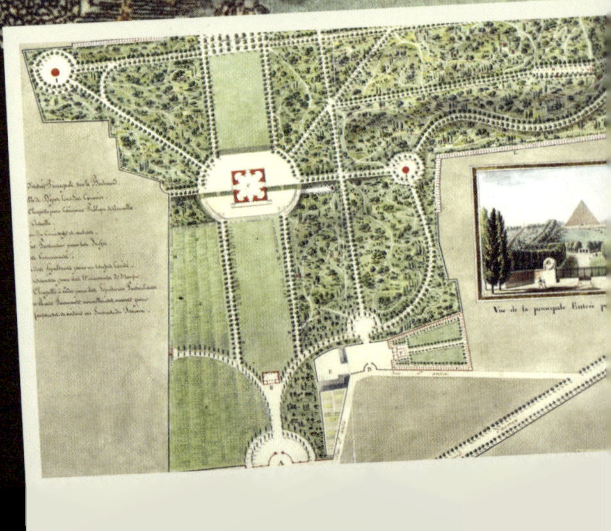

L'œuvre de Brongniart

C'est Brongniart, l'architecte de la Bourse, qui conçoit ce cimetière, qu'il imagine comme un grand jardin avec des allées majestueuses et boisées. Il se sert des éléments qui existent déjà : les allées sont élargies pour permettre la circulation des convois, les carrefours sont décorés de monuments funéraires et les bosquets entourent les premiers tombeaux. Le cimetière ouvre ses portes le 21 mai 1804.

Le cimetière des grands hommes

Destiné aux Parisiens de la rive droite, ce cimetière est boudé au départ car il est situé en hauteur, hors de Paris et dans un quartier pauvre. En 1817, pour lui donner un côté plus prestigieux, les corps de Molière et de La Fontaine y sont transférés. Il n'en fallait pas plus : 10 ans plus tard, on compte 33 000 tombes de Parisiens qui reposent auprès de ces célébrités.

Un lieu chargé de mémoire

De nombreux monuments du Père-Lachaise font l'objet de cérémonies nationales et rendent hommage aux victimes de révoltes, de guerres ou de génocides. On y honore particulièrement les Parisiens disparus lors de la Grande Guerre et les centaines de milliers de victimes de l'extermination nazie et de la déportation pendant la Seconde Guerre mondiale.

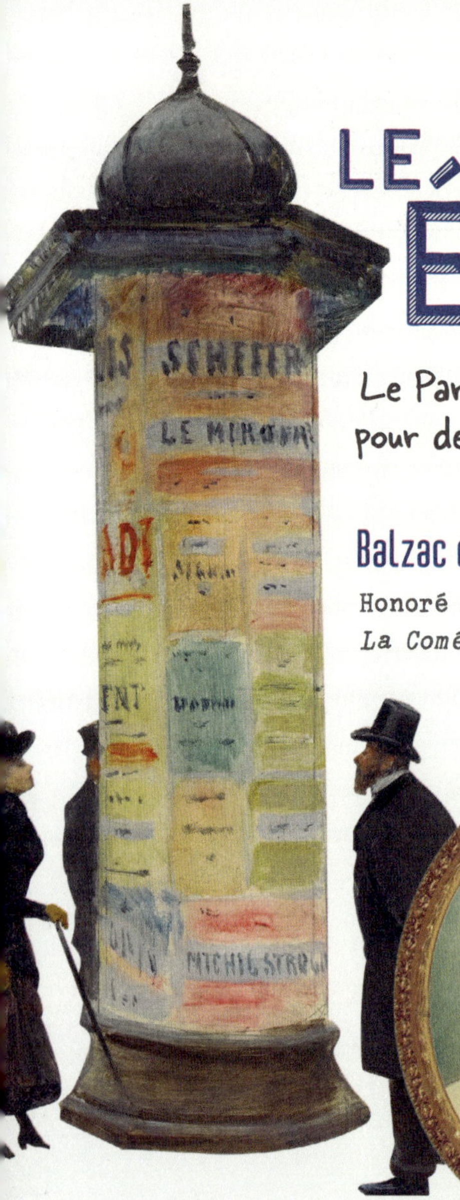

LE PARIS DES ÉCRIVAINS

Le Paris du XIXe siècle est une source d'inspiration incontournable pour de nombreux écrivains.

Balzac et la vie parisienne

Honoré de Balzac fait du Paris d'avant Haussmann le cadre de *La Comédie humaine*. L'un de ces romans se passe au pont Neuf, un autre au Palais-Royal, au Père-Lachaise ou encore à Notre-Dame. Dans *La Peau de chagrin*, il évoque la différence entre la rive droite, quartier de la bourgeoisie devenue riche et des artistes, et la rive gauche, où vit l'ancienne aristocratie.

Le Paris sombre

Dans ses œuvres, Alexandre Dumas met en scène les rives sombres de la Seine et la place de Grève, où étaient guillotinés les condamnés à mort jusqu'en 1832. La trilogie des Valois présente le Paris du temps des guerres de Religion. Dans les années 1830, les quartiers populaires ou les lieux dangereux illustrent *Les Mystères de Paris* d'Eugène Sue.

Le Paris d'Hugo

Dans son célèbre roman *Notre-Dame de Paris*, Victor Hugo évoque le Paris de la fin du Moyen Âge et de Louis XI. Dans *Les Misérables*, c'est la misère des rues de Paris d'après le sacre de Napoléon Ier. La place de Grève, les barricades des révoltes, les égouts, la Conciergerie sont aussi des décors de certains de ses récits.

George Sand

Au XIXe siècle, beaucoup de femmes utilisent des noms et des costumes d'hommes pour œuvrer en tant qu'artistes. C'est le cas de George Sand, née Aurore Dupin. Femme libre, ses romans servent ses idées politiques, notamment la lutte pour l'indépendance des femmes. C'est la première femme à vivre de ses revenus en littérature. Elle a aujourd'hui une statue dans le jardin du Luxembourg, ce qui est très rare pour une femme !

Les chroniques de Zola

Dans sa saga *Les Rougon-Macquart*, Émile Zola consacre la moitié de ses romans à décrire les aventures d'une même famille dans le Paris du second Empire. Ainsi, *Nana* (1880) débute au théâtre des Variétés, *Au Bonheur des Dames* (1883) évoque les grands magasins qui ont été créés sous le second Empire, et *La Curée* se déroule lors des travaux d'Haussmann.

LES TRAVAUX D'HAUSSMANN

De tous les chefs de l'État français, Napoléon III est l'un de ceux qui ont le plus transformé Paris. Les grands travaux qu'il entreprend avec l'aide du baron Haussmann modernisent entièrement la capitale française.

Paris étouffe

Avant le second Empire, il était difficile de se déplacer dans Paris : les rues étaient sales, étroites et sinueuses. L'air circulait mal, ce qui favorisait la prolifération des microbes, et donc des maladies et des épidémies. L'eau potable n'était pas accessible.

De nouveaux arrondissements

Avant ces travaux, Paris compte 12 arrondissements. Sous le second Empire, les communes avoisinantes (Montmartre, La Chapelle, Belleville, Bercy, Auteuil ou Passy, par exemple) sont absorbées. Paris passe alors à 20 arrondissements.

Un nouveau souffle pour Paris

Quand il devient président de la République en 1848, Louis Napoléon Bonaparte connaît peu Paris car il a passé son enfance et son adolescence à Londres et aux États-Unis. Il décide d'aérer la ville, de l'assainir, d'améliorer l'éclairage et les habitations, de faciliter la circulation et le commerce, de construire de beaux monuments, de fournir du travail à ceux qui n'en ont pas...

Près de vingt ans de transformation

Ces grands travaux commencent dès 1853. En 1860, près de 55 000 hommes travaillent sur cet énorme chantier. Les taudis et les vieux quartiers sont rasés, de grandes avenues sont percées, les gares sont agrandies et de nouveaux ponts sont construits. Les marchés et les hôpitaux sont restaurés. Des grands immeubles sont érigés avec un système d'eau potable et des conduits d'évacuation : 600 km d'égouts sont alors créés.

Le développement des transports en commun

Pour faciliter les déplacements d'un quartier à l'autre, Napoléon III instaure un service de voitures à cheval qui peut transporter de nombreuses personnes en même temps pour un petit prix : la Compagnie générale des omnibus. Il crée aussi un chemin de fer de 32 km autour de Paris pour éviter que le centre de la ville ne soit bondé.

LES PROMENADES PARISIENNES

Au cours de ses grands travaux, Napoléon III accorde une place importante à la création d'espaces verts. Aidé de Haussmann et d'Alphand, Napoléon III crée un vaste ensemble d'espaces verts.

Amener la campagne à la ville

Napoléon III veut offrir aux Parisiens des endroits de détente tout en aérant la ville. C'est ainsi qu'avec Adolphe Alphand, ingénieur en chef du service des promenades de Paris, il imagine de grands parcs au nord et au sud de la ville, et des bois à l'ouest et à l'est. Il prévoit aussi des squares de quartier, de nombreuses places et des avenues plantées d'arbres.

Le parc des Buttes-Chaumont

Pendant quatre siècles, les Buttes-Chaumont abritaient une potence. Ensuite, elles ont servi de carrières de calcaire et de décharge à ordures. C'est sur ce terrain qu'Alphand décide d'implanter un parc immense avec des arbres, un lac, une rotonde, une grotte, une cascade et des ponts. Ce chef-d'œuvre est inauguré lors de l'Exposition universelle de 1867.

Que de parcs !

Le parc Montsouris est créé dans le sud de la ville en 1878 : il comprend trois immenses pelouses sillonnées de sentiers, un grand lac et des ponts. Tracé par Haussmann, le jardin du Ranelagh est ouvert en 1860. Inauguré le 13 août 1861 par Napoléon III, le parc Monceau abrite le plus gros arbre de la capitale, un platane d'Orient, et possède les plus belles grilles de tous les parcs parisiens du second Empire.

Le bois de Vincennes

En 1808, Napoléon Ier transforme le château de Vincennes en dépôt d'armes et fait raser les huit tours d'enceinte. En 1857, malgré les champs de tir et le camp militaire au milieu du bois, Napoléon III fait embellir cet endroit. Des chemins sinueux vont relier les pelouses et les espaces vides, et trois lacs avec des îles seront creusés. Les Parisiens sont ravis.

Le bois de Boulogne

En 1852, Napoléon III demande à aménager ce bois, jusqu'alors mal entretenu et laissé désert, en promenade publique avec des allées, des lacs et des îles, une cascade et des rochers, des rivières, des arbres et des massifs de fleurs. C'est un succès immédiat !

L'OPÉRA GARNIER

Avec Napoléon III et Haussmann, de nombreux monuments voient le jour, comme le palais de Justice de Paris ou le tribunal de commerce... Mais le plus connu reste l'opéra Garnier.

Naissance d'un projet

Le 14 janvier 1858, Napoléon III échappe à un attentat devant l'opéra Le Peletier. Dès le lendemain, il décide de construire un nouvel opéra dans lequel il pourra se rendre sans risque. En 1860, un concours est lancé pour la construction d'une académie impériale de musique et de danse dans une rue plus grande et moins propice aux attentats. C'est un jeune inconnu, Charles Garnier, qui remporte le concours.

Quel style ?

L'opéra Garnier est dans le style Napoléon III : un mélange de luxe et de baroque, surmonté d'un grand dôme vert. Le grand escalier est à double révolution (comme celui de Léonard de Vinci à Chambord) et sa scène est la plus grande du monde à l'époque (1 350 m²). Le lustre suspendu est aussi haut qu'une maison de deux étages.

Un chantier compliqué…

Le chantier commence en 1862, mais avance très lentement : le terrain de construction est marécageux et Garnier doit le recouvrir d'une couche de béton étanche. Il travaille avec 73 sculpteurs et 14 peintres qu'il choisit lui-même. Il veut bâtir un édifice qui se démarque du Paris haussmannien, avec des couleurs et des matériaux nouveaux. En 1868, l'argent manque et le projet est suspendu.

… qui aboutit après plus de vingt ans

En 1873, l'opéra Le Peletier est détruit par un incendie et, devant la pression des Parisiens, les travaux de l'opéra Garnier reprennent. L'édifice est inauguré sous la IIIe République par le président Patrice de Mac-Mahon, le 5 janvier 1875.

Les légendes de l'Opéra

Lors de l'incendie de l'opéra Le Peletier, un jeune pianiste aurait eu le visage brûlé tandis que sa fiancée aurait péri. Il se serait alors réfugié dans les sous-sols de l'opéra Garnier. Gaston Leroux s'est inspiré de cette légende pour écrire son célèbre roman *Le Fantôme de l'Opéra*, évoquant un fantôme qui aurait résidé près d'un mystérieux lac souterrain. En réalité, c'est un bassin construit par Garnier en cas d'incendie…

LA SEINE

La Seine a joué un grand rôle dans l'histoire de Paris, lui permettant de se développer autour de son noyau, l'île de la Cité.

.GENTS CYCLISTES ET AGENTS PLONGEURS

Un fleuve qui dessine la ville

La Seine a beaucoup changé au cours des siècles. Il y a 200 000 ans, elle était très large. Puis elle s'est divisée en deux, en ne gardant finalement qu'un seul bras. Au fil du temps, l'île de la Cité s'est élargie grâce aux remblais de terre qui ont été ajoutés, puis aux quais qui ont empiété sur le fleuve.

Un fleuve nourricier

La Seine est depuis toujours la première voie de ravitaillement en matériaux de construction, bois de chauffage et denrées alimentaires de Paris. De nombreux ports sont éparpillés dans la ville. Jusqu'au XVIIIe siècle, la Seine alimente aussi les moulins à eau et les pêcheurs.

COLLISION EN SEINE

L'île aux Cygnes, l'île oubliée

La Seine abrite en son milieu une troisième île longue de 850 m et large de seulement 11 m. Cette bande de terre a été créée en 1827 pour empêcher les constructions d'immeubles près du port de Grenelle. On y trouve une version miniature de la statue de la Liberté de New York.

Un fleuve pour naviguer

Napoléon Ier supprime les moulins et les lavoirs qui longent la Seine pour une meilleure circulation. Sous le second Empire, un barrage mobile est élevé pour limiter les remous qui perturbent la navigation. Tout au long du XIXe siècle, de nombreux ponts sont reconstruits et des canaux sont créés pour améliorer la circulation fluviale et accompagner le développement industriel de Paris.

La Samaritaine

Boire ou se baigner

Dès le XIIIe siècle, les porteurs d'eau fournissent aux Parisiens l'eau puisée dans la Seine ou dans les fontaines publiques. Une pompe est d'ailleurs installée en 1605 sur le pont Neuf (la fameuse *Samaritaine*), qui fonctionne jusqu'en 1813. Au milieu du XVIIe siècle, on se baigne dans le fleuve, avant qu'apparaissent des bateaux aménagés pour des bains froids.

LES EXPOSITIONS UNIVERSELLES

Lieux de rencontres internationales, les Expositions universelles montrent les progrès techniques, scientifiques, industriels ou culturels des pays qui les accueillent. Paris s'est dotée d'importants monuments lors de ces expositions.

La première Exposition à Paris

En 1855, Paris organise la première de ses six Expositions universelles. Quatre ans avant, la toute première Exposition universelle a eu lieu à Londres. Paris se doit donc de concurrencer l'Angleterre de la reine Victoria et de montrer les progrès industriels réalisés par la France de Napoléon III. À cette occasion est construit le palais de l'Industrie, merveille architecturale qui n'existe plus aujourd'hui.

Les deux éditions suivantes

Pour sa deuxième Exposition universelle, en 1867, Paris est devenue une ville très moderne grâce aux travaux imaginés par Haussmann et la capitale expérimente un nouveau moyen de transport pour faciliter la circulation : les Bateaux-Mouches. En 1878, l'Exposition rassemble 16 millions de visiteurs.

L'Exposition universelle de 1889

On y fête le centenaire de la Révolution française. Plus de 32 millions de visiteurs peuvent y admirer la fameuse tour Eiffel, construite pour l'occasion. Mais le bâtiment phare de cette exposition est la galerie des Machines, un immense pavillon de fer, d'acier et de verre de 420 m de long, qui abrite la plus grande voûte au monde.

L'Exposition de 1900

On y admire cette fois le développement de l'électricité et des fontaines lumineuses, du premier trottoir roulant, de la toute première ligne de métro et de nouvelles gares aux portes de Paris (Orsay et Invalides). C'est aussi la première Exposition filmée grâce aux frères Lumière et à leur invention du cinéma.

Les dernières Expositions universelles à Paris

L'Exposition de 1925 met à l'honneur l'architecture et les arts appliqués (mobiliers ou accessoires). Celle de 1937 est la dernière organisée en France. Elle a laissé de nombreux monuments dans la capitale, comme le palais de Tokyo. Paris garde aujourd'hui un bel héritage des différentes Expositions universelles à travers quelques-uns de ses bâtiments incontournables.

LA TOUR EIFFEL, QUELLE DAME DE FER !

Symbole de Paris mais aussi de la France, la tour Eiffel est construite par Gustave Eiffel à l'occasion de l'Exposition universelle de 1889. Durant plus de 40 ans, cette tour a été la plus haute du monde, avant d'être détrônée par deux buildings américains, dont l'Empire State Building.

L'idée de départ

Au début des années 1880, Paris veut fêter les 100 ans de la Révolution française. On décide alors de construire une tour de 300 m de haut pour montrer les avancées techniques et scientifiques françaises depuis la Révolution. C'est l'ingénieur Gustave Eiffel, constructeur du squelette en fer de la statue de la Liberté, à New York, qui est chargé du projet.

La tour Eiffel en chiffres

La construction de la tour a duré 2 ans, 2 mois et 5 jours. Le 1er étage s'élève à 57 m de hauteur, le 2e à 115 m et le 3e à 276 m. Plus d'une centaine d'ouvriers ont assemblé 18 038 pièces en fer avec 2,5 millions de rivets, des sortes de clous. La tour pèse 10 100 tonnes, dont 7 300 tonnes de charpente métallique : c'est l'équivalent de 10 000 voitures ! Ce poids est réparti sur 4 piliers.

Une prouesse technique

Pour que les quatre piliers de la tour se rejoignent au Ier étage, au même niveau et avec la bonne inclinaison, Gustave Eiffel a utilisé des systèmes de vérins hydrauliques et de boîtes à sable, des grosses seringues qui injectent de l'eau ou du sable dans la structure. Une fois la bonne inclinaison trouvée, tout est calé et ça ne bouge plus.

Les ascenseurs

Pour monter au dernier étage, il faut gravir 1 665 marches... à moins d'emprunter un des ascenseurs hydrauliques qui utilisent la force de l'eau ! Un conducteur ouvre et ferme les vannes du système pour faire descendre ou monter l'ascenseur. Le 2e étage, qui est le dernier accessible aux visiteurs, permet d'apprécier une vue jusqu'à 80 km à la ronde.

Gustave Eiffel sauve sa tour

La tour devait être détruite après l'Exposition universelle, les Parisiens trouvant qu'elle ne servait à rien. Pour protéger sa tour, Eiffel a l'idée d'installer un laboratoire de météorologie au 3e étage. Il autorise ensuite la mise en place d'une antenne à son sommet pour envoyer et recevoir des messages radio. Il prouve ainsi son intérêt scientifique et sauve sa tour de la destruction.

L'EXPOSITION DE 1900

Pour l'Exposition de 1900, on a l'idée de percer une avenue entre les Champs-Élysées et les Invalides et de créer un pont sur la Seine. Paris dévoile ainsi ses nouveaux chefs-d'œuvre : le pont Alexandre-III, le Petit et le Grand Palais.

Le Grand Palais, un exploit technique

Le Grand Palais, monument de 72 000 m^2, allie pierre, acier et verre. Il est reconnaissable à sa grande coupole en verre, qui reste la plus grande verrière d'Europe. Construire cette coupole a demandé encore plus de fer que pour la tour Eiffel. Les décors (statues, frises en mosaïque et céramique, ornements) ont été réalisés par des artistes contemporains. Les travaux ont duré trois ans.

Trois en un

Le Grand Palais regroupe trois sites : la Nef, qui accueille de grands événements, les Galeries nationales, où sont exposés des artistes qui ont marqué l'histoire de l'art, et le palais de la Découverte, musée dédié aux sciences.

Le Petit Palais

Même s'il ressemble au Grand Palais, le Petit Palais est construit autour d'un magnifique jardin en demi-cercle. Ses sols sont couverts de mosaïques, ses peintures et sculptures honorent Paris. En 1902, le palais devient le musée des Beaux-Arts et abrite les collections de la ville.

Le pont Alexandre-III, le lien entre tous

Le pont Alexandre-III enjambe la Seine pour relier les Invalides aux Grand et Petit Palais. Il est reconnaissable par ses quatre énormes pylônes ornés de statues de bronze à leur sommet. C'est un pont métallique de 45 m de large composé d'une seule arche de 107 m, avec deux tunnels en pierre à chaque bout.

Pourquoi Alexandre-III ?

Il s'agit d'un hommage au tsar de Russie, suite à l'alliance conclue entre la Russie et la France en 1891. Le pont symbolise donc l'amitié franco-russe. La première pierre est posée le 7 octobre 1896 par le tsar Nicolas II, qui succède à Alexandre III, et le président de la France, Félix Faure.

LE PARIS DES ARTISTES

Avant 1914, Paris connaît, lors de la Belle Époque, un important développement économique et artistique. Les rues de la capitale s'animent, surtout dans deux quartiers : Montmartre et Montparnasse.

Montmartre, place aux artistes...

Dès le XIXe siècle, peintres, écrivains, poètes, musiciens et chanteurs sont attirés par le style de vie libre et original de Montmartre. Apollinaire, Proust, Berlioz, Cézanne, Monet, Caillebotte, Van Gogh, Picasso, Braque, Renoir, Sisley, Degas... s'inspirent de ce village campagnard pour leurs chansons, poèmes, dessins et peintures.

La femme française se libère enfin

En remplaçant les hommes dans les usines ou dans les champs pendant la Grande Guerre, les Parisiennes ont pris goût à l'indépendance. Sous l'influence de la couturière Coco Chanel, elles portent leurs cheveux à la garçonne, des jupes plus courtes et des vêtements confortables. De nombreuses artistes deviennent célèbres, comme Kiki de Montparnasse.

… et aux plaisirs

C'est à Montmartre que s'installent les premières salles de jeux et les cabarets. Le Moulin Rouge, situé au pied de la Butte, est célèbre depuis 1889. Peint par Toulouse-Lautrec, c'est là que se produisirent toutes les grandes célébrités de l'époque, comme la danseuse La Goulue et la chanteuse Mistinguett. La place Pigalle, peuplée de cabarets, est aussi un symbole des nuits parisiennes.

Après la guerre

Les « années folles » vont stimuler la création artistique. Les salles de spectacles sont remplies et accueillent de nombreux artistes étrangers. Les grandes brasseries de Montparnasse deviennent le nouveau repère des artistes et écrivains comme André Breton, Man Ray, Brancusi ou Modigliani.

L'influence américaine

Après la guerre de 1939-1945, les Américains arrivent à Paris en apportant avec eux une nouvelle musique, le jazz. C'est aussi une Américaine qui enflamme les Champs-Élysées avec une nouvelle danse, le charleston : Joséphine Baker.

LA BUTTE MONTMARTRE

Montmartre est connu pour sa butte et pour ses célèbres cabarets, mais ce quartier est surtout célèbre pour la basilique du Sacré-Cœur et ses ruelles pittoresques qui offrent un point de vue imprenable sur Paris.

Montmartre, lieu de culte

Montmartre a toujours été un lieu de pèlerinage. Déjà au Ier siècle, un temple dédié à Mars, dieu romain de la guerre, a été construit au sommet de la colline. Au IVe siècle, une basilique mérovingienne y fut érigée, et au XIIe siècle, on y construisit une église abbatiale, l'église Saint-Pierre, la plus ancienne de Paris. Le Sacré-Cœur, lui, date de la fin du XIXe siècle.

Un village champêtre

À l'origine, Montmartre était une commune indépendante de Paris. Au XIXe siècle, c'est un village sur une colline au milieu des vignes, des lilas et des moulins, peuplé de paysans, d'artisans et de meuniers.

Le Petit Journal

5 CENT. SUPPLÉMENT ILLUSTRÉ 5 CENT.

DIMANCHE 17 DÉCEMBRE 1911

LE VIEUX PARIS S'EN

Démolition d'un des derniers moulins de la Butt

Sauver la France

En 1870, la France perd la bataille de Sedan contre la Prusse. Napoléon III dépose les armes et la IIIe République est proclamée. Mais les Prussiens assiègent Paris. Un cessez-le-feu est signé début 1871 contre l'avis des Parisiens. C'est le début d'une révolte, qu'on appelle la Commune de Paris. Certains catholiques promettent de construire une nouvelle église si Dieu sauve la France.

Son architecture

Le Sacré-Cœur a une forme de croix grecque. Il est construit en pierre blanche, dans un style romano-byzantin. Il dispose de quatre coupoles et d'un dôme central qui s'élève à plus de 80 m. On y trouve la plus grande mosaïque de France : elle mesure près de 475 m². Le Sacré-Cœur abrite aussi la « Savoyarde », la plus grosse cloche de France : elle pèse 19 tonnes (19 voitures) et mesure 3 m de diamètre.

Une vue à couper le souffle

Montmartre surplombe Paris. Au pied de la basilique, le panorama sur les vieux quartiers de Paris est unique. Pour avoir une vue encore plus imprenable sur Paris et les gargouilles, il suffit de gravir les 300 marches qui permettent de se rendre en haut du dôme du Sacré-Cœur !

LA VILLE SOUTERRAINE

Les sous-sols de Paris ont servi pendant des siècles. On y trouve des pierres pour construire, des lieux pour enterrer les morts, des réseaux d'évacuation de l'eau et des réserves d'eau propre : c'est une vraie ville sous la ville !

Des carrières...

Pour agrandir Paris au fil des siècles, il a fallu trouver de plus en plus de pierres. Comme les carrières autour de Paris s'épuisaient, des puits ont été creusés dès le XIVe siècle pour aller chercher des pierres entre 20 et 35 m de profondeur. À la fin du XVIIIe siècle, un grave effondrement incite Louis XVI à interdire définitivement toute extraction de pierres. En 1777, il crée l'Inspection générale des carrières, chargée de surveiller et de consolider les carrières désaffectées.

... aux catacombes

En 1780, une partie du cimetière des Innocents s'écroule. Par mesure d'hygiène, les autorités décident de transférer tous les ossements dans les anciennes carrières. En 1786, ces carrières deviennent officiellement l'ossuaire de Paris et prennent le nom de « catacombes ». Cet ossuaire est l'un des plus grands du monde (11 000 m^2) et l'un des seuls sous terre.

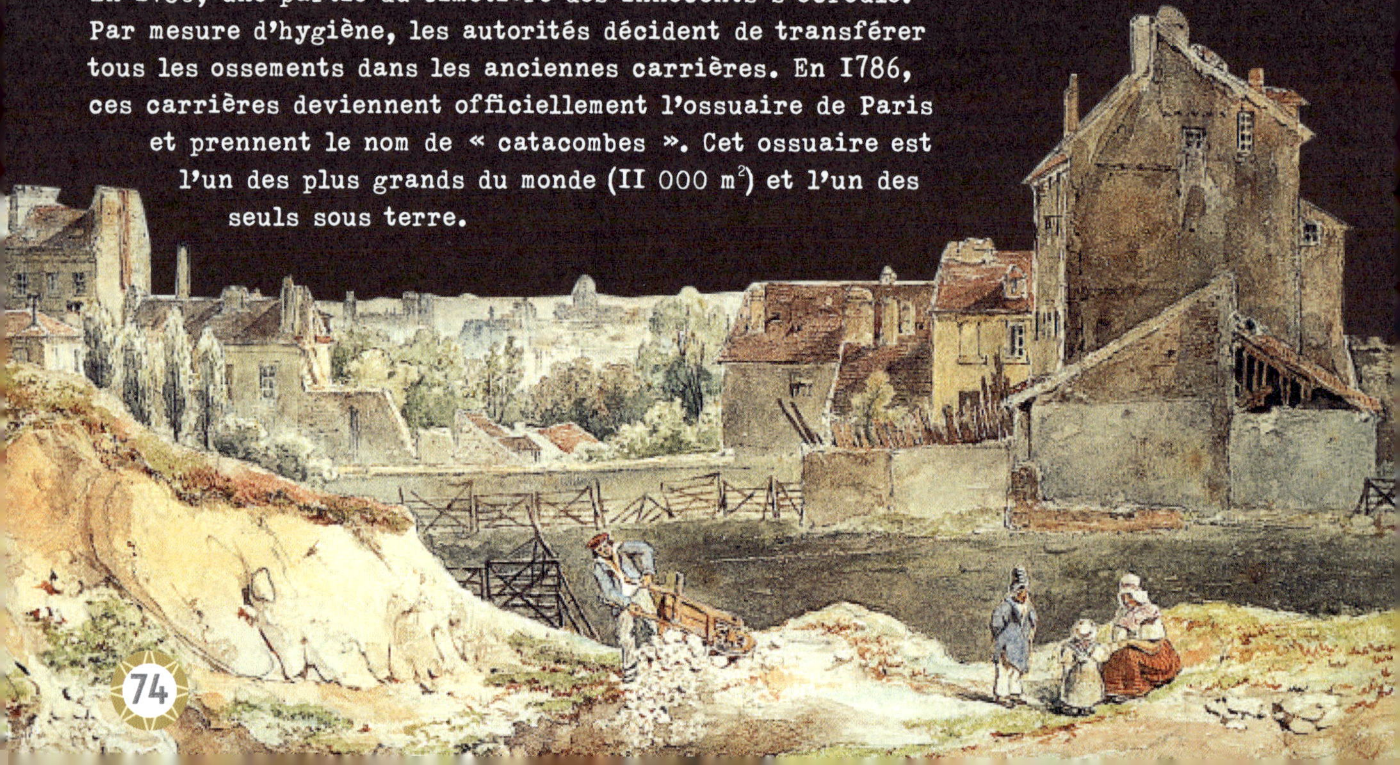

Pourquoi ce nom ?

Le terme de « catacombes » fait référence aux catacombes de Rome, lieu souterrain dans lequel les chrétiens de Rome enterraient leurs morts. Dès leur création, les catacombes suscitent la curiosité de Parisiens qui aiment bien jouer à se faire peur dans ce décor macabre...

Les égouts parisiens

Au Moyen Âge, on jette tous les déchets directement dans les rues de Paris. La Seine devient alors un égout à ciel ouvert. À la fin du XVIIIe siècle, les maladies se répandent dans Paris. Pour assainir l'eau, les égouts, qui servaient jusqu'alors à récolter les eaux de pluie, deviennent un canal d'assainissement destiné à recueillir les eaux usées. Ce réseau passe de 160 km en 1855 à 500 km en 1878.

Le réservoir de Montsouris

Au XIXe siècle, Paris souffre d'épidémies de choléra notamment dues à l'eau. Le baron Haussmann crée alors des réservoirs d'eau potable. Le réservoir de Montsouris, taillé dans d'anciennes carrières de pierre, est le plus grand du monde lors de son inauguration en 1874.

LE MÉTRO

À la fin du XIXe siècle, la population parisienne est si importante que les transports en commun ne sont plus capables de transporter autant de voyageurs. La ville de Paris décide donc de créer un chemin de fer souterrain : le métropolitain.

Faire comme les autres

En 1895, il est décidé de construire un réseau de transport souterrain à Paris et de le montrer lors de l'Exposition universelle de 1900.
Le métro parisien n'est pas le premier du monde. Londres a mis le sien en service en 1863, Athènes en 1869, Istanbul en 1875 et New York en 1878.
À Paris, on prévoit de construire six lignes pour 1911 : c'est le chantier parisien le plus important du XXe siècle.

Prouesse technique

La profondeur est différente selon les lignes et selon la nature du sol. Certaines se situent à quelques mètres sous la surface du sol. Pour éviter les caves et les égouts, les anciennes carrières et les fondations d'immeubles, il faudra creuser encore plus profondément, jusqu'à plus de 25 m, tout en pensant à l'évacuation de la terre en surface... Une vraie prouesse !

Les travaux de Paris

Les débuts du métro parisien

Les travaux de la première ligne sont confiés à l'ingénieur Fulgence Bienvenüe. Ils commencent en 1898. C'est à la pelle que le tunnel est creusé, en suivant les tracés des rues. Inaugurée en juillet 1900, cette ligne relie la porte de Vincennes à la porte Maillot et permet de se rendre sur le site dédié aux jeux Olympiques d'été de 1900.

Un succès immédiat

Dès l'ouverture de la première ligne, les Parisiens se pressent dans le métro. La ville de Paris décide alors de construire de nouvelles lignes. En 1914, le réseau compte dix lignes et transporte 500 millions de voyageurs par an. Après la Seconde Guerre mondiale, les lignes de métro sont prolongées vers les banlieues les plus proches. Aujourd'hui, ce sont plus de 200 km et 300 stations qui constituent le métro parisien.

Des stations fantômes

Certaines stations ferment en 1939. Trop peu utilisées ou trop proches de stations voisines, elles ne seront pas remises en service après-guerre et serviront de voies d'essai, de garage ou de réparation. D'autres n'ont jamais accueilli de voyageurs parce qu'il n'est pas possible d'y accéder depuis l'extérieur ou qu'aucune ligne de métro n'y passe. On les appelle les stations fantômes.

CRÉDIT PHOTOGRAPHIQUES

PAGES DE DÉBUT

4b-5b. *Vue de l'île de la Cité et le pont-Neuf avec ses boutiques, vers 1840*, Fédor Hoffbauer, Musée Carnavalet © Paris Musées / Musée Carnavalet – **5h.** *La Prise de la Bastille, 14 juillet 1789*, Musée Carnavalet, Ph. © Archives Larousse – **5mg.** © Judy Illustrations – **5md.** © Shutterstock

IL ÉTAIT UNE FOIS PARIS

6h, 6b, 7md. © Pascal Phan – **6md.** © Judy Illustrations – **6mg, 7hd, 7b, 7mg.** © Shutterstock – **7hg.** *Gaule : plan de Lutèce*, Musée de l'Armée, Paris, Ph. © Coll. Archives Larousse

LE PARIS ANTIQUE

8h, 8m, 9mdh. © Pascal Phan – **8b, 9h.** © Judy Illustrations – 9mdb. *Arène de Lutèce, plan restauré*, Jean-Camille Formigé, entre 1914 et 1916, Musée Carnavalet, Paris © Paris Musées/Musée Carnavalet – **9b.** © Shutterstock

PARIS, CAPITALE ?

10h. *Esquisse pour la coupole du Panthéon (église Sainte-Geneviève) : Clovis et Clotilde*, Antoine Gros, vers 1811, Petit Palais, musée des Beaux-Arts de la Ville de Paris, © Paris Musées / Petit Palais, musée des Beaux-Arts de la Ville de Paris – **10b.** *Chroniques de Froissart. Arrivée à Paris du jeune Louis II d'Anjou (roi titulaire de Naples, duc d'Anjou) et de sa mère Marie de Blois*, Jean Froissard, 1475, Ph. © Coll. Archives Nathan – **11h.** Paris sous Philippe Auguste © Dessin Archives Larousse – **11mg.** *Reste de l'enceinte du mur de Philippe-Auguste, XIIe siècle, rue Clovis à Paris*, Ph. O. Ploton © Archives Larousse – 11md. © Judy Illustrations – **11b.** Le Petit Chatelet, Frère Rouargue, 1953, Ph. O.Ploton © Archives Larousse

LA CATHÉDRALE NOTRE-DAME DE PARIS

12m, 12b, 13hg, 13m, 13b. © Shutterstock – **13hd.** *Portail central de la façade occidentale de Notre-Dame de Paris, installé dans les années 1220-1230*, Ph. O. Ploton © Archives Larousse

LE PARIS DES TEMPLIERS

14h. © Judy Illustrations – **14m.** *Hugues de Payens, premier grand-maître de l'ordre du Temple* (?-1136), Henri Lehmann, 1841, Château de Versailles, © Collections Château de Versailles – **14b.** *Le Temple en 1450 (composition rétrospective)*, Fédor Hoffbauer, Musée Carnavalet, Histoire de Paris © Musée Carnavalet – **15h.** *Le donjon du Temple, vers 1795*, Musée Carnavalet, © Musée Carnavalet – **15m.** *Les rois capétiens de 1270 à 1322*, Duruy, 1900, Ph. O.Ploton © Archives Larousse – **15b.** *Exécution des Templiers: Jacques de Molay et ses compagnons sont livrés au bûcher*, Maître du Roman de la Rose de Vienne, 1435-1440, Ph. © Coll. Archives Larousse

LE PARIS DE NICOLAS FLAMEL

16, 17m. © Shutterstock – **17h.** *Le Livre d'Abraham le Juif*, Nicolas Flamel, Ph. © Coll. Archives Larousse – **17b.** Alchimie, Nicolas Flamel, Ph. © Coll. Archives Larousse

LA CONCIERGERIE

18h. © Johann Le Berre – **18b, 19m.** © Shutterstock – **19h.** *Les rois capétiens de 1180 à 1226*, Duruy, 1900, Ph. O.Ploton © Archives Larousse – **19b.** *La Sainte-Chapelle (Paris)*, © Dessin Archives Larousse

LE PARIS DE LA RENAISSANCE

20h. © Shutterstock – **20mg.** © Judy Illustrations – **20md.** © Pascal Phan – **20b.** *Saint Louis étudie les mathématiques à l'Abbaye de Royaumont*, 1200-1250, La Sorbonne, Paris, Ph. Luc Joubert © Archives Larbor – **21h.** *Hôtel de Sens*, Frères Rouargue, 1846, Ph. O. Ploton © Archives Larousse – **21bg.** *Portrait de Jean-Dominique Cassini I (1625-1712)*, Léopold Durand-Durangel dit Durangel, 1879, Archives nationales, Paris, Ph. © Archives Larbor – **21bd.** *Carré géométrique en cuivre doré*, Erasmus Habermelius, 1599, Observatoire de Paris, Ph. Jeanbor © Archives Larbor

LE PARIS DE CATHERINE DE MÉDICIS

22mg. © Lisa Guisquier – **22h, 22md, 22b, 23hd, 23m.** © Shutterstock – **23hg.** *Catherine de Médicis, 1580*, Musée du Louvre, Paris, Ph. Hubert Josse © Archives Larbor – **23b.** *Un matin devant la porte du Louvre*, Édouard Debat-Ponsan, 1880, Musée d'Art Roger-Quilliot, Ph. © Collection Roger-Quilliot, cliché Jacques-Henri Bayle

LE PARIS DE LA REINE MARGOT

24h, 25b. © Shutterstock – **24mg.** *Marguerite de France ou de Valois, dite la Reine Margot (1559-1615), à l'époque de son mariage*, François Clouet, Ph. © Coll. Archives Larbor – **24md.** *Charles IX et Catherine de Médicis en 1572 lors du massacre de la Saint-Barthélemy*, 1800-1899, Ph. © Coll. Archives Larbor – **24b.** *Guerre des religions. Le massacre de la Saint-Barthélémy*, F. Dubois, Musée des Beaux-Arts, Lausanne, Ph. © Coll. Archives Larbor – **25h.** *Henri IV (1553-1610) et Marguerite de Valois (1505-1572)*, Ph. © Coll. Archives Larbor – **25m.** *Charles IX, roi de France en 1563 (1550-1574)*, François Clouet, Château de Versailles, © Collections Château de Versailles

PARIS SOUS L'ANCIEN RÉGIME

26h, 26m. © Judy Illustrations – **26b.** *La tour de Nesle et l'hôtel de Guénégaud*, Aimé Bayalos, 1870, Ph. O. Ploton © Archives Larousse – **27h, 27b.** © Ewen Blain – **27m.** © Shutterstock

LE LOUVRE

28h. *Construction de la Bastille en présence de Charles V, 1430-1440*, Bibliothèque Sainte-Geneviève, Paris, Ph. R. Lalance © Archives Larbor – **28m.** *Jeu de loto fin XIXe siècle*, Ph. O.Ploton © Archives Larousse – **28b.** *Entrée à Paris de Charles V précédé du connétable Robert de Fiennes*, Jean Fouquet, Ph. Coll. Archives Nathan – **29hg.** *Le Roy soleil (Louis XIV)*, Gustave Toudouze et Maurice Leloir, Ph. Jacques Bottet © Archives Larbor – **29hd, 29mg, 29b.** © Pascal Phan – **29md.** *Pavillon de l'Horloge, aménagé sous Louis XIV, cour carrée du musée du Louvre*, Ph. O.Ploton © Archives Larousse

LES INVALIDES DE LOUIS XIV

30h. *Le Roy Soleil*, Gustave Toudouze et Maurice Leloir, 1904, Collection particulière, Ph. Olivier Ploton © Archives Larousse – **30m, 31b.** © Shutterstock – **30b, 31mg, 31md.** © Pascal Phan

AUTOUR DE LA BIÈVRE

32h. *Vue du labyrinthe ou belvédère du Jardin des Plantes*, Jean-Baptiste Chapuy, Musée Carnavalet, Paris, © Archives Larbor – **32mg, 33m.** © Shutterstock – **32md.** *Les Métiers réunis*, 1890, Ph. Michel Didier © Archives Larbor – **32b.** *La Bièvre, rue Croulebarbe (Usine de la veuve Lanier)*, Alfred-Louis Bahuet, 1885, Musée Carnavalet, Histoire de Paris, © Paris Musées / Musée Carnavalet

– **33h.** © Judy Illustrations – **33b.** *Vue du Jardin des Plantes prise de la grille du bord de l'eau*, 1800, Collection particulière, © Archives Larbor

TOUS À VERSAILLES

34hg, 34hd, 35mg, 35md, 35b. © Pascal Phan – **34b.** *Vue de l'Orangerie et du château de Versailles depuis les hauteurs de Satory*, Jean-Baptiste Martin, dit Martin des batailles, Musée de Versailles, Ph. © Archives Nathan – **35h.** © Judy Illustrations

LE PARIS DES POISONS

36h, 37bd. © Shutterstock – **36m.** *Une sorcière plaçant un scorpion dans une marmite pour faire une potion*, F. Landerer d'après M. Schmidt, Wellcome Library, Londres, Ph. © Wellcome Images – **36b.** *Thesaurus of Alchemy*, vers 1725, Wellcome Library, Londres, Ph. © Wellcome Images – **37h.** *Le portrait de La Voisin*, Antoine Coypel, Ph. © PVDE/Bridgeman Images – **37bg.** *Louis XIV, roi de France, portrait avec ses maîtresses Louise de la Vallière et Françoise de Montespan*, Ph. © MP / Leemage

LE PARIS DES LUMIÈRES

38h, 39h. © Shutterstock – **38m.** © Lisa Guisquier – **38b.** *Une soirée dans le salon de Madame Geoffrin en 1755*, Acinet Charles Gabriel Lemonnier, 1755, Musée des Beaux-Arts, Rouen, Ph. © Archives Larbor – **39m.** *Marie de Rabutin-Chantal, marquise de Sévigné (1626-1696), femme de lettres française*, Pierre Mignard, Musée Carnavalet, Paris, Ph. Jeanbor © Archives Larbor – **39b.** © Judy Illustrations

LES PHILOSOPHES

40h. *L'Égalité*, 1789-1799, Musée Carnavalet, Paris, © Archives Larbor – **40m, 40b, 41m, 41b.** © Shutterstock – **41h.** *La Démocrate tenant les Droits de l'Homme*, 1789, Musée Carnavalet, Histoire de Paris, © Paris Musées / Musée Carnavalet

LA PRISE DE LA BASTILLE

42h. © Judy Illustrations – **42-43m, 43md, 43b.** © Shutterstock – **42b.** *Le Serment du Jeu de Paume*, Ph. O. Ploton © Archives Larousse – **43h.** *La Prise de la Bastille, 14 juillet 1789*, Musée Carnavalet, Ph. © Archives Larousse

LA RÉVOLUTION FRANÇAISE

44mg. *Louis XVI au pied de l'échafaud, 21 janvier 1793*, Charles Benazech, 1793, Musée National du Château de Versailles, Ph. Hubert Josse © Archives Larbor – **44md.** © Judy Illustrations – **44b.** *Révolutionnaires 1793-1794 (au temps de la Terreur) d'après les estampes du temps*, Auguste Delâtre, 1869, Ph. © NYPL – **45h.** *Arrestation de Robespierre, le 27 juillet 1794*, Musée Carnavalet, Paris, Ph. Coll. Archives Nathan – **45m.** *Cocarde des électeurs à la Convention 1792*, Ph. Coll. Archives Larbor – **45b.** © Lisa Guisquier

LE PANTHÉON

46h. *Clovis I*[er] *(vers 466-27 novembre 511)*, Lesueur, 1842, Ph. O.Ploton © Archives Larousse – **46b.** *Cérémonie de la pose de la première pierre de la nouvelle église de Sainte-Geneviève le 6 septembre 1764 (futur panthéon)*, Pierre-Antoine Machy, 1765, Musée Carnavalet, Paris, © Archives Larbor – **47h.** *Louis XIV, roi de France (1710-1774)*, Carle Van Loo, 1751, Musée des Beaux-Arts, Dijon, Ph. Coll. Archives Larbor – **47m.** *Le Panthéon, construit entre 1758 et 1790*, Ph. Library of Congress, Washington – **47b.** © Shutterstock

LE PARIS DE NAPOLÉON

48h, 48-49m, 49h. © Shutterstock – **48mg.** *Napoléon I*[er] *reçoit au Palais Royal de Berlin des représentants du Sénat français*, René Berthon, 1808, © Ph. Coll. Archives Larousse – **48b.** © Pascal Phan – **49m.** *Colonne de la grande armée (colonne Vendôme)*, Ph. © Coll. Archives Larbor – **49b.** © Judy Illustrations

L'ARC DE TRIOMPHE

50. © Shutterstock – **51h.** *Le Musée Napoléon (Louvre)*, Auguste Hibon, 1815, Bibliothèque Marmottan, Institut de France, Boulogne Billancourt, Ph. Vincent Godeau © Archives Larbor – **51m.** *Paris, devant la Bourse - L'heure des Journaux*, Adolphe Gusman d'après un dessin de Joan Berg, Ph. O. Ploton © Archives Larousse – **51b.** *Arc de Triomphe du Carrousel sous l'Empire*, Charles Percier, Ph. © Coll. Archives Larbor

LE CIMETIÈRE DU PÈRE LACHAISE

52h. © Shutterstock – **52-53m, 52b.** *Plan du cimetière du Père-Lachaise*, Alexandre Théodore Brogniart, 1810-1813, Musée Carnavalet, Histoire de Paris, © Paris Musées / Musée Carnavalet – **53h.** *Portrait de Jean de La Fontaine (1621-1695), poète français*, François de Troy, Bibliothèque publique universitaire, Genève, Ph. J. Arland © Archives Larbor – **53m.** *Jean-Baptiste Poquelin dit Molière*, Jean-Baptiste Mauzaisse, 1841, Musée du Château de Versailles, © Ph. Coll. Archives Nathan

LE PARIS DES ÉCRIVAINS

54hg, 54hd, 54bg, 55hd, 55bg. © Shutterstock – **54mg.** *Honoré de Balzac (1799-1850), écrivain français*, Louis-Auguste Bisson, 1842, Maison de Balzac, Paris, Ph. © Coll. Archives Larbor – **54md.** *Portrait d'Alexandre Dumas père*, Ph. Carjat / © Coll. Archives Larousse – **55hd.** *Photographie de Victor Hugo*, Ph. © Coll. Archives Nathan – **55mg.** *Aurore Dupin, baronne Dudevant, dite George Sand (1804-1876), femme de lettres française*, Auguste Charpentier, 1832, Musée Carnavalet, Paris, Ph. J.L. Charmet © Archives Larbor – **55md.** *Au théâtre de l'Odéon*, Charles Tronsens, dit Carlo Gripp, Musée Carnavalet, Histoire de Paris, © Paris Musées / Musée Carnavalet - Histoire de Paris – **55bd.** *Nana*, 1880, Ph. © Archives Larbor

LES TRAVAUX D'HAUSSMANN

56h. *Georges Eugène Baron Haussmann*, Ph. © Archives Larousse – **56b.** *Un balcon, boulevard Haussmann*, Gustave Caillebotte, 1880, Collection particulière, © Archives Larbor – **57h.** *Portrait de Napoléon III*, Adolphe Yvon, Walters Art Museum, Baltimore, Ph. © Walters Art Museum, Baltimore – **57md.** *Expropriations pour le prolongement de l'avenue de l'Opéra à Paris, à la demande du Baron Haussmann*, © Ph. Coll. Archives Larousse – **57mg.** *Scène de rue : omnibus au Pont-au-Change*, Edmond Morin, Musée Carnavalet, Histoire de Paris © Paris Musées / Musée Carnavalet – **57b.** *Dans l'omnibus*, Maurice Delondre, vers 1885, Musée Carnavalet, Histoire de Paris, © Paris Musées / Musée Carnavalet

LES PROMENADES PARISIENNES

58h. Portrait d'Adolphe Alphand, Alfred Philippe Roll, 1888, Musée des Beaux-Arts de la ville de Paris, © Paris Musées / Musée des Beaux-Arts de la ville de Paris, Petit Palais – **58m.** *Le Parc Monceau*, Gustave Caillebotte, 1878, Collection particulière, © Archives Larbor –

58b. *Parc des Buttes-Chaumont à Paris*, Ph. © Library of Congress, Washington – **59h.** Le Parc Montsouris, Ludovic Vallée, vers 1900, Musée Carnavalet, Histoire de Paris, © Paris Musées / Musée Carnavalet – **59m.** *Le Chalet de la Porte-Jaune, au bois de Vincennes*, Pierre Justin Ouvrié, vers 1860, Musée Carnavalet, Histoire de Paris, © Paris Musées / Musée Carnavalet – **59b.** © Judy Illustrations

L'OPÉRA GARNIER

60h. *Portrait de Charles Garnier (1825-1898), architecte*, 1850-1870, Musée Carnavalet, Histoire de Paris, © Paris Musées / Musée Carnavalet – **60b.** *Place de l'Opéra, Opéra de Garnier, à Paris*, Ph. © Library of Congress, Washington – **61h.** *Chantier de l'Opéra de Garnier à Paris*, Ph. © Coll. Archives Larousse – **61m.** © Shutterstock – **61b.** *L'escalier de l'Opéra*, Louis Béroud, 1877, Musée Carnavalet, Histoire de Paris, © Paris Musées / Musée Carnavalet

LA SEINE

62hg. *Agents cyclistes et agents plongeurs*, 1900, Ph. Olivier Ploton © Archives Larousse – **62hd.** © Shutterstock – **62m.** *Bateau-Lavoir, port des Saints-Pères, vers le point Royal, 7e arrondissement, Paris*, Eugène Atget, 1911, Musée Carnavalet, Histoire de Paris, © Paris Musées / Musée Carnavalet – **62b.** *Le quai des Orfèvres et le Pont Saint Michel*, Jean-Baptiste Camille Corot, Musée Carnavalet, Paris, Ph. © Archives Nathan – **63h.** *Collision en Seine*, 1897, Ph. Olivier Ploton © Archives Larousse – **63m.** *Vue de la Samaritaine*, Ph. Olivier Ploton © Archives Larousse – **63b.** *Vue de l'Île de la Cité et le pont-Neuf avec ses boutiques, vers 1840*, Fédor Hoffbauer, Musée Carnavalet, Paris © Paris Musées / Musée Carnavalet

LES EXPOSITIONS UNIVERSELLES

64h, 65bg. © Shutterstock – **64m.** *Exposition Universelle de 1855 : Inauguration du Palais de l'industrie par Napoléon III*, Bibliothèque de l'Arsenal, Paris, Ph. © Coll. Archives Nathan – **64b.** *Le Palais de l'Industrie, Exposition Universelle, 1855*, Musée Carnavalet, Paris, Ph. Jean-Loup Charmet © Archives Larbor – **65h.** *Panorama de Paris vu de la Nacelle du Grand Ballon captif à vapeur de la Cour des Tuileries*, 1878, Ph. © Library of Congress, Washington – **65m.** *Souvenir de l'exposition universelle de 1855 à Paris*, Ph. © Coll. Archives Larousse – **65b.** *Vue générale des pavillons de l'Exposition Universelle de 1878 sur le Champs de mars à Paris*, 1878, Musée Carnavalet, Paris, Ph. Jeanbor © Archives Larbor

LA TOUR EIFFEL, QUELLE DAME DE FER !

66mg. *Peinture de la Tour Eiffel*, Louis-Charles Bombled, 1899, Ph. Jeanbor © Archives Larbor – **66md.** *Construction de la tour Eiffel*, 1888, Ph. Pierre Petit © Coll. Archives Larousse – **66b.** *La tour Eiffel en construction en 1888*, Ph. Pierre Petit © Coll. Archives Larousse – **66-67.** © Shutterstock – **67h.** *La Tour Eiffel en construction à Paris en 1887*, Ph. Pierre Petit © Coll. Archives Larousse – **67m.** © Judy Illustrations

L'EXPOSITION DE 1900

68h. *Entrée de l'exposition universelle de 1900 par la place de la Concorde, à Paris*, Ph. © Library of Congress, Washington – **68m.** *Palais du Trocadéro et sa fontaine, au moment de l'exposition universelle de 1900*, Ph. © Library of Congress, Washington – **68b.** *Palais des Nations, exposition universelle de 1900*, Ph. © Library of Congress, Washington – **69h.** *Salle des fêtes au Champ-de-Mars à Paris, lors de l'Exposition Universelle*, Garen, Musée des Arts décoratifs, Paris, Ph. © Archives Larousse – **69m.** © Shutterstock – **69b.** *Exposition de 1900 : Porte monumentale de la Place de la Concorde, Paris, 1900*, Collection particulière, Ph. © Coll. Archives Larbor

LE PARIS DES ARTISTES

70h. *Demandez le Nouveau plan de Paris ! tout le monde y danse, y danse*, Ph. © Cornell University Library, Ithaca - DR – **70m.** *Paris : cabaret du Moulin-Rouge, vers 1890*, Ph. © Coll. Archives Larousse – **70b.** *Henriette Rosine Bernard dite Sarah Bernhardt, (1844-1923), actrice française*, Georges Clairin, 1876, Musée du Petit-Palais, Paris, Ph. L. Joubert © Archives Larbor – **71hg, 71hd, 71m.** © Shutterstock – **71b.** *« Paris qui jazz », revue de Jacques-Charles*, 1920, Ph. Jeanbor © Archives Larbor © Éd. Francis Salabert - DR

LA BUTTE MONTMARTRE

72hg, 73hd, 73b. © Shutterstock – **72hd.** © Semnoz – **72bg.** *Montmartre : le moulin de la Galette, à Paris*, 1904, Ph. © Coll. Archives Larousse – **72bd.** © Judy Illustrations – **73hg.** *Le vieux Paris s'en va. Démolition d'un des derniers moulins de la Butte Montmartre*, 1911, Collection particulière, Ph. © Archives Larbor – **73m.** © Florian Schäffer

LA VILLE SOUTERRAINE

74hg, 74hd, 74m, 75b. © Shutterstock – **74b.** *À Montmartre, terrassier avec brouette dans les carrières*, Antoine Louis Goblain, 1833, Musée Carnavalet, Paris, Ph. © Coll. Archives Larbor – **75h.** © Judy Illustrations

LE MÉTRO

76hg. © Judy Illustrations – **76hd, 77m.** © Shutterstock – **76b.** *Construction d'un caisson du métro place Saint-Michel à Paris*, Ph. © Coll. Archives Larousse – **77h.** *Les travaux de Paris pour la construction du métropolitain*, Fortuné Meaulle, 1899, Collection particulière, Ph. © Archives Larbor – **77b.** © Cyril_1983

PAPIER À BASE DE FIBRES CERTIFIÉES

LAROUSSE s'engage pour l'environnement en réduisant l'empreinte carbone de ses livres. Celle de cet exemplaire est de : 1,7 kg éq. CO_2
Rendez-vous sur www.larousse-durable.fr

Achevé d'imprimer en Espagne par Estella Print
Dépôt légal : février 2022 – 330042/01
N° de projet : 11048986 – février 2022